em

DE LA MÊME AUTEURE

Le Poisson et l'Oiseau, illustrations de Rogé, Éditions de la Bagnole, 2019.

Le Secret des Vietnamiennes, Trécarré, 2017.

Vi, Libre Expression, 2016 ; collection « 10 sur 10 », 2019.

mãn, Libre Expression, 2013 ; collection « 10 sur 10 », 2016.

À toi, avec Pascal Janovjak, Libre Expression, 2011 ; collection « 10 sur 10 », 2015.

Ru, Libre Expression, 2009 ; collection « 10 sur 10 », 2014.

KIM THÚY

em

Libre
Expression

Catalogage avant publication de Bibliothèque et Archives nationales
du Québec et Bibliothèque et Archives Canada

Titre: Em / Kim Thúy.
Noms: Thúy, Kim, auteur.
Identifiants: Canadiana 20200084046 | ISBN 9782764813294
Classification: LCC PS8639.H89 E4 2020 | CDD C843/.6—dc23

Édition: Miléna Stojanac
Coordination éditoriale: Pascale Jeanpierre
Révision et correction: Marie Labrecque, Julie Lalancette, Justine Paré
Couverture et mise en pages: Marike Paradis
Photo de l'auteure: Carl Lessard
Photo de l'œuvre de Louis Boudreault: Hans Laurendeau

L'éditeur tient à remercier Liana Levi et Sandrine Palussière, pour leur précieuse collaboration à l'édition, et l'artiste Louis Boudreault, dont l'œuvre en toile et en broderie de soie orne la couverture.

Bien qu'il s'inspire en partie d'événements historiques, cet ouvrage est une œuvre de fiction; toute ressemblance avec des personnes ou des faits réels n'est que pure coïncidence.

Remerciements
Nous remercions le Conseil des Arts du Canada et la Société de développement des entreprises culturelles du Québec (SODEC) du soutien accordé à notre programme de publication.
Gouvernement du Québec – Programme de crédit d'impôt pour l'édition de livres – gestion SODEC.

Les Éditions Libre Expression
Groupe Librex inc.
Une société de Québecor Média
4545, rue Frontenac
3ᵉ étage
Montréal (Québec) H2H 2R7
Tél.: 514 849-5259
libreexpression.com

Dépôt légal – Bibliothèque et Archives nationales du Québec et Bibliothèque et Archives Canada, 2020

ISBN: 978-2-7648-1329-4

Distribution au Canada
Messageries ADP inc.
2315, rue de la Province
Longueuil (Québec) J4G 1G4
Tél.: 450 640-1234
Sans frais: 1 800 771-3022
www.messageries-adp.com

Le mot *em* existe en premier lieu pour désigner
le petit frère ou la petite sœur dans une famille ;
ou le plus jeune, ou la plus jeune, de deux ami(e)s ;
ou la femme dans un couple.
J'aime croire que le mot *em* est l'homonyme du
verbe « aimer » en français, à l'impératif : aime.
Aime. Aimons. Aimez.

Un début de vérité

La guerre, encore. Dans toute zone de conflit, le bien se faufile et trouve une place jusque dans les fissures du mal. La trahison complète l'héroïsme, l'amour flirte avec l'abandon. Les ennemis avancent les uns vers les autres dans un seul et même but, celui de vaincre. Dans cet exercice qui leur est commun, l'humain se révélera à la fois fort, fou, lâche, loyal, grand, grossier, innocent, ignorant, croyant, cruel, courageux... Voilà pourquoi la guerre. Encore.

Je vais vous raconter la vérité, ou du moins des histoires vraies, mais seulement partiellement, incomplètement, à peu de chose près. Car il m'est impossible de vous restituer les nuances du bleu du ciel au moment où le *marine* Rob lisait une lettre de son amoureuse tandis que, dans le même temps, le rebelle Vinh écrivait la sienne pendant un instant de répit, de faux calme. Était-ce du bleu maya et azurin ou plutôt du bleu de France et céruléen ? Quand le *private* John a découvert la liste des insurgés cachée dans un pot de farine de manioc, combien de kilos y en avait-il ? La farine venait-elle d'être moulue ? Quelle était la température de l'eau quand M. Út a été jeté au fond du puits avant d'y être brûlé vivant au lance-flammes par le sergent Peter? Est-ce que M. Út pesait la moitié du poids de Peter ou bien les deux tiers? Est-ce la démangeaison des piqûres de moustiques qui a perturbé Peter?

Pendant des nuits entières, j'ai cherché à imaginer la démarche de Travis, la timidité d'Hoa, la frayeur de Nick, le désespoir de Tuân, les blessures par balle des uns et les victoires des autres en forêt, en ville, sous la pluie, dans la boue... Chaque nuit, rythmées par le son des glaçons tombant dans le bac de mon congélateur, mes recherches m'ont asséné que jamais mon imagination n'arriverait à concevoir toute la réalité. Dans un témoignage, un soldat se souvient d'avoir vu l'ennemi courir avec fougue vers un char d'assaut en portant sur son épaule un fusil M67, long de 1,30 mètre, pesant dix-sept kilogrammes. Ce soldat avait devant lui un homme prêt à mourir pour tuer ses ennemis, prêt à tuer en mourant, prêt à laisser triompher la mort. Comment s'imaginer l'abnégation de soi, une telle adhésion inconditionnelle à une cause?

Comment envisager qu'une mère puisse transporter ses deux enfants trop petits dans la jungle sur des centaines de kilomètres, attachant le premier à une branche pour le protéger des bêtes pendant qu'elle se déplace avec le second, l'attache à son tour et retourne au premier pour refaire le trajet avec lui? Pourtant, cette femme m'a raconté sa randonnée de sa voix de combattante de quatre-vingt-douze ans. Malgré nos six heures de conversation, il me manque encore mille détails. J'ai oublié de lui demander où elle avait trouvé des cordes et si ses enfants portent encore aujourd'hui les traces du ficelage sur leur corps. Qui sait si ces souvenirs n'ont pas été effacés pour n'en laisser qu'un, le goût des tubercules sauvages qu'elle avait mâchés au préalable pour nourrir ses enfants ? Qui sait...

Si votre cœur se serre à la lecture de ces histoires de folie prévisible, d'amour inattendu ou d'héroïsme ordinaire, sachez que la vérité entière aurait très probablement provoqué chez vous soit un arrêt respiratoire, soit de l'euphorie. Dans ce livre, la vérité est morcelée, incomplète, inachevée, dans le temps et dans l'espace. Alors, est-elle encore la vérité ? Je vous laisse répondre d'une manière qui fera écho à votre propre histoire, à votre vérité. Entre-temps, je vous promets dans les mots qui suivent un certain ordre dans les émotions et un désordre inévitable dans les sentiments.

L'or blanc coule des saignées pratiquées sur les hévéas. Pendant des siècles, les Mayas, les Aztèques, les peuples d'Amazonie ont recueilli ce liquide pour en faire des chaussures, des tissus imperméables et des ballons. Quand les explorateurs européens ont découvert cette matière, ils s'en sont servis d'abord pour fabriquer des bandes élastiques pour tenir leurs jarretières. À l'aube du xxe siècle, la demande augmentait au rythme fulgurant de la multiplication des automobiles qui transformaient le paysage. Le besoin en a ensuite été si important et si impérieux qu'il a fallu produire du latex synthétique, matériau qui répond à soixante-dix pour cent de nos besoins actuels. Malgré tous les efforts faits en laboratoire, seul le latex pur, dont le nom signifie « les larmes (*caa*) de l'arbre (*ochu*) », peut supporter l'accélération, la pression et l'amplitude thermique que subissent les pneus d'avion et les joints de navette spatiale. Plus l'humain réussit à accélérer sa cadence, plus il exige un latex produit naturellement, à la vitesse de la rotation de la Terre autour du Soleil, au gré des éclipses lunaires.

Grâce à son élasticité, à sa résistance et à son imperméabilité, le latex naturel enveloppe nos extrémités telle une seconde peau afin de nous protéger des séquelles du désir. Pendant la guerre franco-prussienne de 1870 et l'année suivante, le taux des infections contractées sexuellement par les troupes était passé de moins de quatre pour cent à plus de soixante-quinze pour cent, ce qui devait conduire ultérieurement, durant la Première Guerre mondiale, le gouvernement allemand à donner la priorité à la fabrication des condoms afin de protéger les soldats, alors que sévissait une pénurie aiguë de caoutchouc.

Certes, les balles tuent, mais peut-être que le désir aussi.

Alexandre était rompu à la discipline qu'il fallait imposer à ses six mille coolies vietnamiens en haillons. Ses ouvriers savaient mieux que lui comment planter la hachette dans le tronc des hévéas, à quarante-cinq degrés par rapport à la verticale, pour faire suinter les premières larmes. Ils étaient plus rapides que lui à installer les bols en coquille de noix de coco destinés à recueillir les gouttes de latex qui s'amassaient dans le coin inférieur de la blessure. Alexandre dépendait de leur ténacité, alors qu'il savait que ses employés profitaient de la nuit pour chuchoter entre eux et s'accorder sur les moyens de se rebeller, d'abord contre la France, contre lui ensuite et contre les États-Unis à travers lui. Le jour, il devait négocier avec l'armée américaine le nombre d'arbres à abattre pour laisser passer les camions, les jeeps, les chars d'assaut en échange d'une protection contre les bombes et l'épandage des défoliants.

Les coolies savaient que les hévéas valaient plus que leur vie. Alors ils se cachaient sous la généreuse canopée formée par les arbres encore indemnes, qu'ils soient employés, rebelles ou les deux. L'angoisse qu'avait Alexandre de se réveiller, une nuit, devant le spectacle de sa plantation incendiée était dissimulée dans son costume en lin écru. Il maîtrisait sa peur de se faire assassiner pendant son sommeil en s'entourant de serviteurs et de jeunes femmes, ses *con gái*.

Les jours où le cours du caoutchouc faisait un nouveau creux ou que les camions transportant des balles de caoutchouc étaient pris dans les embuscades sur la route vers le port, Alexandre sillonnait les rangées d'arbres à la recherche d'une main aux doigts fins qui pourrait dénouer son poing, d'une langue docile qui pourrait débloquer ses dents serrées, d'un entrejambe étroit qui pourrait contenir sa rage.

S'ils étaient illettrés et ne savaient pas rêver au voyage au-delà des frontières du Vietnam, la plupart des coolies avaient compris que le caoutchouc synthétique gagnait du terrain ailleurs dans le monde. Ils ressentaient les mêmes craintes qu'Alexandre, ce qui incitait nombre d'entre eux à quitter la plantation et à dessiner un nouveau parcours dans les villes, dans ces grands centres où la présence des Américains, bientôt des dizaines de milliers d'Américains, créait de nouvelles possibilités, de nouvelles façons de vivre et de mourir. Certains se réinventeraient en vendeurs de jambon SPAM, de lunettes de soleil ou de grenades. Ceux qui étaient en mesure de saisir rapidement la musicalité de la langue anglaise deviendraient interprètes. Quant aux plus audacieux, ils choisiraient de disparaître dans les tunnels creusés sous les pieds des soldats américains. Ils mourraient en agents doubles, entre deux lignes de tir ou à quatre mètres sous terre, déchiquetés par les bombes ou rongés par les larves qui s'incrustaient sous leur peau.

Le jour où Alexandre a réalisé que les épandages d'agent orange sur les forêts avoisinantes avaient empoisonné le quart des arbres de sa plantation et que son contremaître avait été égorgé dans son sommeil par un commando de la résistance communiste, il a hurlé.

Il s'est défoulé sur Mai, qui se trouvait sur son chemin, celui entre la colère et le découragement.

Au temps de la colonisation, la France avait considéré l'Indochine, et le Vietnam avec elle, comme
une zone d'exploitation économique, plutôt que
comme une colonie de peuplement. Elle a réussi
à entrer dans la course au caoutchouc en y plan-
tant des hévéas. Il fallait beaucoup de volonté pour
maintenir sur place, au milieu de la brousse, des
groupes d'ouvriers agricoles afin qu'ils arrachent
des forêts de bambous aux rhizomes densément
intriqués dans le sol, puis y enracinent des hévéas
avant de recueillir leur sève d'une aube à l'autre.
Chaque goutte de latex obtenue valait la goutte
de sang ou de sueur versée. Les hévéas pouvaient
se laisser saigner pendant vingt-cinq, trente ans,
quand un homme sur quatre, parmi les quatre-vingt
mille coolies envoyés dans les plantations, tombait
bien avant. Ces milliers de morts cherchent encore
dans le bruissement des feuilles, dans le murmure
des branches et dans le souffle du vent pourquoi,
de leur vivant, ils ont remplacé leur forêt tropicale
par des arbres venus de l'Amazonie, pourquoi ils
les ont mutilés, pourquoi ils ont porté des étrangers
sur la tête alors que ces hommes grands, aux joues

si pâles et à la peau si poilue, ne ressemblaient en rien à leurs aînés au corps osseux et aux cheveux noir ébène.

Mai avait la peau cuivrée des coolies, et Alexandre, la posture du propriétaire roi en son domaine. Alexandre a rencontré Mai dans la colère. Mai a rencontré Alexandre dans la haine.

Ce mot était utilisé dans de nombreux pays sur les cinq continents depuis le siècle précédent. Il désigne d'abord et avant tout les ouvriers en provenance de Chine et d'Inde, transportés dans les mêmes bateaux, par les mêmes capitaines qu'au temps des esclaves.

Une fois arrivés à destination, les coolies travaillaient aussi fort que des bêtes dans les plantations de canne à sucre, à l'intérieur des mines, à la construction des chemins de fer, et mouraient souvent avant la fin de leur contrat de cinq ans sans avoir touché le salaire promis et rêvé. Les compagnies qui en faisaient la traite acceptaient d'avance que vingt, trente ou quarante pour cent des « lots » périssent pendant le voyage en mer. Les Indiens et les Chinois qui ont survécu au-delà de leur contrat dans les colonies britanniques, françaises et néerlandaises se sont établis aux Seychelles, à Trinité-et-Tobago, aux îles Fidji, à la Barbade, à la Guadeloupe, à la Martinique, au Canada, en Australie, aux États-Unis... Avant la révolution cubaine, le plus grand quartier chinois d'Amérique latine se trouvait à La Havane.

Contrairement aux coolies indiens, qui comptaient dans leurs rangs des femmes ayant fui des maris abusifs ou des situations extrêmes, les coolies chinois étaient sans femmes : les Chinoises ne mordaient pas à l'hameçon. Les Chinois exilés dans ces colonies lointaines sans possibilité de retour au bercail se sont consolés dans les bras des femmes locales. Tous ceux qui ont résisté au suicide, à la malnutrition et aux abus se sont organisés pour publier des journaux, créer des clubs et ouvrir des restaurants. Grâce à la dispersion de ces hommes, le riz sauté, la sauce de soja et la soupe wonton sont devenus des célébrités planétaires.

Quant aux coolies indiens, ils avaient une chance sur trois de courtiser une Indienne, partie elle aussi à l'aventure, ce qui a bouleversé le statut des femmes et la distinction entre les castes. Elles étaient en position de choisir et même de recevoir la dot au lieu de l'apporter. Ce nouveau pouvoir a entraîné la crainte des hommes de n'avoir pas de femme ou de la perdre. Ils étaient menacés par les voisins, les passants et les femmes elles-mêmes. Certains hommes ont enfermé leur épouse dans des maisons coffres-forts, d'autres les enlaçaient de cordes comme on passerait un ruban autour d'une boîte-cadeau. Du pouvoir des femmes confronté à la peur des hommes résulte la mort, le fatal.

Les esclaves et les coolies chinois et indiens étaient déplacés de leur habitat naturel alors que les coolies vietnamiens sont restés chez eux dans des conditions comparables, imposées par des colons expatriés.

On avait donné à Mai la mission de s'infiltrer dans la plantation d'Alexandre. Elle était heureuse de pouvoir sauver quelques arbres chaque jour ; elle leur faisait une incision trop profonde, empêchant ainsi la sève de couler à nouveau, de saigner à nouveau pour le compte du patron. Elle se levait tous les matins à quatre heures pour manifester son amour patriotique en détruisant le patron Alexandre, en infligeant à sa propriété une mort à petit feu : un arbre à la fois, une incision à la fois, à la manière des empereurs chinois. *Death by a thousand cuts.*

Son amour pour Alexandre a mis fin à sa mission.

Alexandre avait traîné Mai par les cheveux jusqu'à sa chambre. Il lui avait ordonné d'effectuer les gestes habituels de ses *con gái*. Non seulement Mai avait refusé, mais elle avait bondi sur lui, sa hachette à la main, prête à lui trancher la gorge à quarante-cinq degrés par rapport à la verticale.

Mai avait l'intention de tuer Alexandre ou, à tout le moins, de le chasser du territoire, puis du pays. Alexandre était un vieux loup, endurci par la richesse du latex, par les piqûres de fourmis rouges et par les brises chaudes brûlant sa peau de Gaulois.

Elle avait attendu ce moment depuis son arrivée à la plantation. Animée du désir de tuer, de venger son peuple, elle s'était précipitée dans les yeux d'Alexandre, deux boules de jade. Mai avait été déstabilisée par le calme de son regard, son élan incendiaire avait été aussitôt stoppé par l'impression soudaine de retourner à sa ville natale, au vert calme et dense de la baie de Ha Long. Quant à Alexandre, dans sa fatigue profonde de n'être aimé de personne, il s'était abandonné, espérant un long repos, une fin au combat centenaire qui se perpétuait sur cette terre étrangère devenue sienne par la force des choses.

Si des chercheurs avaient eu vent de l'histoire d'amour entre Mai et Alexandre, peut-être que le syndrome de Stockholm aurait été appelé le syndrome de Tây Ninh, Bên Cui, Xa Cam... Mai, adolescente déterminée, habitée par la mission dont elle avait été investie, n'avait pas su se méfier de l'amour et de ses absurdités. Elle ne savait pas que les élans du cœur peuvent aveugler plus que ne le ferait le soleil de midi, sans préavis ni logique. L'amour, comme la mort, n'a pas besoin de frapper deux fois pour se faire entendre.

Ce coup de foudre devenu amour entre Mai et Alexandre allait fragmenter dans le temps leur entourage. Les rêveurs idéalistes et romantiques aimeraient y voir la possibilité d'un monde meilleur, fusionnel, implexe. Les réalistes et les engagés en condamneraient l'insouciance, voire l'imprudence qu'il y a à brouiller les limites en inversant les rôles.

Dans ce lieu de proximité et de rivalité, la naissance de Tâm, l'enfant du maître et de son ouvrière, de deux ennemis, avait pourtant quelque chose de banalement quotidien.

TÂM, ALEXANDRE ET MAI

Dans le cocon tendre et protecteur offert par sa petite famille, Tâm grandissait entre le privilège du pouvoir d'Alexandre et la honte de la trahison de Mai envers sa cause patriotique. Les gâteaux d'anniversaire à la crème au beurre tracent une frontière tangible entre elle et les enfants du village, où habitent les coolies et leurs familles. Alexandre et Mai, ses parents, la nourrice, le jardinier, les cuisinières forment une enceinte si étroite autour d'elle qu'elle n'a jamais eu l'occasion de jouer avec les enfants des ouvriers. Mais le jour où les camps ennemis décident de se battre ouvertement, tout le monde s'est rejoint sur le même champ de bataille. Les balles ne font pas la distinction entre celui qui sèche à la fumée le caoutchouc et celle qui suit des leçons de piano. Celui qui tire un rouleau de cent kilogrammes de latex compressé et celui qui n'utilise plus ses mains que pour l'amour reçoivent le même traitement avant de rendre leur dernier souffle. Avant l'apparition des drones, avant les attaques à distance, avant qu'on püisse tuer sans se salir ni les yeux ni les mains, les zones de combat étaient vraisemblablement les seuls endroits où les humains finissaient par s'égaliser en s'annulant les uns les autres.

C'est ainsi que les destins d'Alexandre et de Mai ont été unis à jamais à ceux des ouvriers, tombés tous dans le même lieu, les corps des uns empilés sur ceux des autres sous les débris et dans le silence de l'horreur, au milieu de la pluie d'étincelles traversant les rangées d'arbres.

Réfugiée entre l'impénétrable coffre-fort devenu bouclier et un bahut à vaisselle, la nourrice a pu protéger Tâm et est devenue *de facto* sa mère.

La nourrice a sorti Tâm de leur cachette à la première accalmie, au moment où le seul bruit, répétitif, qui lacérait la villa inondée de lumière était celui des pales des ventilateurs. Elles ont couru ensemble dans la direction opposée à celle de l'usine, leur souffle au rythme de leurs pas, dans le mutisme des oiseaux, loin des corps se vidant de leur identité, de leur sens. Nu, le sol n'était plus la piste de danse du soleil et des feuilles. Le climat tropical devenait brutal, sans filtre, sans pitié. Grâce à la générosité d'un garçon tirant son buffle, d'un soldat conduisant sa jeep, d'un transporteur de cruches vides, elles sont arrivées au village natal de la nourrice quelques semaines plus tard. Le visage masqué de poussière, Tâm a été présentée à son nouveau « grand frère » et à sa nouvelle « grand-mère ». Les saletés de la route avaient assombri ses cheveux clairs et ses yeux caramel, les vents avaient terni les roses rouges de sa robe. Telle une fleur coupée, son enfance s'est fanée avant l'éclosion.

Tâm a vécu trois ans à My Lai. De la « grand-mère », elle a appris comment glaner les grains de riz qui tombent des bottes de paille pendant le battage et le vannage. À My Lai et dans d'autres villages, beaucoup d'enfants étaient élevés par leurs grands-parents. Par nécessité, les membres de la famille appuient la personne la plus apte à décrocher l'emploi le plus payant. Par devoir, celle qui obtient cet emploi subvient en retour à leurs besoins. Par amour, un parent, père ou mère, quitte ses enfants afin qu'ils n'aient pas d'images de lui en train de se consoler de la pluie d'insultes qu'il subit à la porcherie ou dans la maison, tandis qu'il ramasse les miettes du bol cassé après l'avoir reçu sur la tête.

LA SERVANTE ET ALEXANDRE

La servante d'Alexandre avait attendu plus de deux décennies avant d'accéder au poste de nourrice à la naissance de Tâm. Elle était la seule à avoir traversé les intempéries externes et internes, les tristesses sans fond, les excès sans raison de son patron. Elle pouvait lire le tracas dans le bruit de ses talons contre le carrelage. Elle seule mesurait le poids de son mal du pays et sa résistance à l'enracinement au Vietnam. À ses débuts, il avait gardé son veston et agi en ingénieur devant ses prédécesseurs aux chemises entrouvertes, froissées, défraîchies. Il se forçait à s'asseoir droit sur sa chaise pour ne pas avoir la langue déliée comme ses compatriotes. Contrairement aux propriétaires plus âgés, il plongeait ses mains dans la terre rouge pour la sentir en même temps que les indigènes. Or, tranquillement, pernicieusement, son corps s'était mis à imiter celui de ses semblables. Inconsciemment, il avait peu à peu laissé sa main s'abattre sur la raideur des nuques de ses coolies, blâmés pour une baisse de production, au lieu d'examiner les racines empoisonnées des arbres. Devenu un vieux guerrier usé par les moussons, les incertitudes financières et la désillusion, il ressemblait de plus en plus aux autres patrons.

À quinze ans, fille-mère séparée de son enfant, la nourrice était entrée à son service. Elle avait d'abord été la bonne de la bonne de la bonne en chef. Elle était la dernière à manger les restes des repas même si c'était elle qui avait plumé le poulet, écaillé le poisson, haché le porc au couteau... Au jour du départ de sa supérieure immédiate, elle avait hérité du ménage à effectuer dans la chambre d'Alexandre, c'est-à-dire qu'il lui incombait de veiller sur le repos de son patron sans se faire remarquer. À examiner les plis du drap, elle pouvait dire les nuits où des préoccupations avaient figé Alexandre, la tête entre les mains, assis sur le bord du lit. À constater la présence de cheveux couleur ébène et les endroits où ils se trouvaient, elle pouvait presque décrire la chorégraphie des ébats. Les années passées dans le sillage d'Alexandre lui avaient permis de connaître la logique qui était la sienne pour cacher une partie de ses économies. Elle était devenue la gardienne du grand livre vidé de ses pages, rempli de liasses de billets et de bagues en or enfilées sur une chaîne elle aussi en or vingt-quatre carats. Elle en vérifiait la couverture rigide tous les jours afin d'effacer les traces de doigts d'Alexandre. Ainsi, il serait difficile pour les voleurs de distinguer ce volume des autres sur l'étagère. Elle était l'ombre qui suivait l'ombre d'Alexandre. Son ange gardien.

L'arrivée de Tâm avait permis à la servante devenue nourrice de materner, de rattraper les sourires qu'elle avait manqués de son fils laissé à My Lai, chez sa mère. Les employés l'appelaient depuis *Chị Vú*, soit « grande sœur sein ». Les femmes riches embauchaient parfois une jeune maman pour allaiter leur enfant, afin de ne pas abîmer leurs seins. La langue vietnamienne est extrêmement pudique, mais le mot « sein » se dit sans hésitation ni gêne, car les seins sont dépourvus de tout érotisme dans ce contexte. Puisque les patronnes louaient les seins des femmes *Chị Vú*, elles se permettaient de les traiter en objet, exigeant qu'elles ne nourrissent que leur enfant, exclusivement. Certaines *Chị Vú* tentaient de courir vers leur propre progéniture la nuit venue, risquant représailles et renvois. La plupart s'attachaient au poupon qu'elles allaitaient, car le leur, l'enfant dont elles avaient accouché, vivait à cinquante, cent, cinq cents kilomètres d'elles. Les patronnes cédaient leur privilège maternel au nom de la beauté sans se douter que leurs enfants allaient s'attacher davantage au parfum de la sueur de leur *Chị Vú* qu'à celui des eaux de toilette importées dont elles s'aspergeaient la peau.

La nourrice n'a pas allaité Tâm. Elle l'a élevée en courant après elle avec une cuillère à la main, transformant les repas en jeu de cache-cache entre deux amies.

À My Lai, la nourrice de Tâm la transportait sur son vélo, pédalant pendant des kilomètres afin de l'emmener suivre des leçons de piano. Elle remmaillait son pantalon des dizaines de fois plutôt que d'ouvrir le livre rempli de bagues et d'argent qu'elle avait emporté dans leur fuite. Le jour, elle encourageait Tâm à prendre place sur son banc à l'école ; la nuit, elle la protégeait des regards curieux en la couchant entre elle et la grand-mère.

Afin de respecter les volontés d'Alexandre et de Mai, la nourrice a cherché de l'aide auprès des enseignants de la région pour remplir les formulaires qui permettraient à Tâm de passer l'examen d'admission de l'école la plus prestigieuse de Saigon. Le lycée Gia Long avait survécu aux déménagements, aux occupations et à la métamorphose de sa mission tout en conservant sa réputation. À sa fondation au début du XXe siècle, appelé alors Collège des jeunes filles indigènes, l'établissement exigeait l'utilisation du français, sauf pendant les deux heures de cours de littérature vietnamienne par semaine. Quelques décennies plus tard, l'enseignement en langue vietnamienne s'est immiscé dans les cours, suivi bientôt par l'anglais. Chaque année, on admettait seulement dix pour cent des milliers de filles qui arrivaient de partout pour passer l'examen. Le concours attirait les meilleures parce que les diplômées pouvaient devenir de grandes épouses et, accidentellement, des femmes engagées, voire des révolutionnaires.

La nourrice était d'avis que Tâm devait quitter My Lai pour la ville de Saigon, qui saurait lui offrir toutes les opportunités, contrairement au village qui l'obligeait à courber l'échine, à voûter ses épaules pour laisser s'envoler les mauvais mots des mauvaises langues.

La veille de leur long périple en autobus, la nourrice est restée éveillée toute la nuit pour chasser les moustiques et rafraîchir Tâm en bougeant très doucement l'éventail au-dessus de son dos; au réveil de la jeune fille, un *bánh mì* au saucisson de porc, au concombre et à la coriandre l'attendait. Elle lui avait également préparé des boules de riz gluant aux arachides fraîches, enveloppées dans des feuilles de bananier, puis avait emballé des seiches séchées à offrir à l'aubergiste à Saigon, un ancien ouvrier de la plantation.

La rue devant le lycée était bondée de mères, de tantes, de femmes. Pendant les deux jours d'examen, la nourrice a roulé de manière obsessionnelle les perles de son chapelet entre ses doigts. Il allait de soi que ni Dieu ni Bouddha ne pouvaient répondre aux prières de toutes ces personnes sur le trottoir, car elles étaient des centaines de fois plus nombreuses que le nombre de places disponibles.

Alors la nourrice a plaidé auprès de l'âme de Mai, qui devait, elle, connaître les réponses de l'examen puisqu'elle avait déjà réussi cette épreuve.

Quand le nom de Tâm a été publié dans la liste des élèves admises au lycée, la nourrice a su que l'esprit de Mai avait veillé sur sa fille.

Elle s'est implantée au Vietnam en cultivant les terres. Elle s'est si bien enracinée que les Vietnamiens utilisent encore au moins une centaine de mots français tous les jours sans en être conscients.

café : *cà phê*
gâteau : *ga-tô*
beurre : *bơ*
cyclo : *xích lô*
pâté : *pa-tê*
antenne : *ăng-ten*
parabole : *parabôn*
gant : *găng*
crème : *kem / cà rem*
bille : *bi*
bière : *bia*
moteur : *mô tơ*
chemise : *sơ mi*
dentelle : *đăng ten*
poupée : *búp bê*
moto : *mô tô*
compas : *com pa*
équipe : *ê kíp*

Noël: *nô en*
scandale: *xì căng đan*
guitare: *ghi ta*
radio: *ra dô*
taxi: *tắc xi*
galant: *ga lăng*
chef: *sếp*

Chacun de ces mots ajoute au quotidien vietnamien. En échange, les colons français ont acquis
des mots vietnamiens. Ils les ont prononcés selon
les habitudes de leur langue et, parfois, ils les
ont étoffés en leur donnant un second sens. *Con
gái* ne voulait plus seulement dire « fille », mais
aussi « prostituée ». Surtout prostituée. Seulement
prostituée.

Alexandre n'a plus jamais prononcé le mot *con
gái* après la naissance de Tâm, même si elle est une
fille. Parce qu'elle est sa fille.

La nourrice a honoré l'amour entre Mai et Alexandre en déménageant à Saigon pour prendre soin de Tâm comme une mère, en tant que mère. Tous les jours, elle attendait Tâm à la fin des classes avec un verre de jus d'herbe rempli de glaçons. Les gens l'ont imitée, croyant que les vitamines du *rau má* étaient la raison des excellentes notes de la jeune fille. La nourrice préférait cette boisson au jus de la canne à sucre à cause du mot *má*, qui veut dire « maman ». Elle voulait que Tâm entende le mot *má* prononcé dans son quotidien. Cette routine a été observée sans faille pendant sa première année d'études au lycée. Les bagues en or étaient vendues au rythme des besoins, allant de la location d'une ancienne remise de deux mètres sur cinq coincée entre deux nouveaux bâtiments à la bouteille d'encre mauve, en passant par les sous-vêtements et les quatre barrettes servant à retenir ses cheveux fins pendant les cours.

La nourrice avait cousu les bagues qui lui restaient aux deux poches doublement dissimulées dans sa blouse en coton blanc, qu'elle portait sous une autre blouse à manches longues et dont la couleur rouge vin avait pâli au soleil. Protégée par son vieux chapeau conique, elle se glissait dans les rues entre les voleurs, les malfaiteurs et les curieux comme une ombre sans âme ni histoire. Sans elle, les loups de la ville n'auraient fait qu'une bouchée de Tâm. Même si la jeune fille portait un uniforme blanc identique à celui de ses camarades, même si elle avait les cheveux tressés en deux nattes comme la plupart des élèves de son âge, son teint lumineux éblouissait les yeux les plus saturés. Heureusement, les épaules très droites de Tâm repoussaient les gens habitués à la beauté traditionnelle qui prône la discrétion des femmes. D'une époque à l'autre, les poètes célèbrent la gracilité des épaules plongeantes. D'une tendance à l'autre, les créateurs de la tunique vietnamienne persistent en la munissant de manches raglan qui fixent les deux morceaux de tissu par une couture allant de l'encolure à l'aisselle, évitant ainsi de souligner la carrure. Il était donc difficile pour les étrangers d'estimer la force des épaules qui portaient les lourdes palanches, transportant aussi bien des bouillons que des briques à vendre, sans compter le verre et le métal des obus à recycler.

Personne n'aurait soupçonné que la nourrice de Tâm soulevait cinq douzaines d'épis de maïs dans un panier et un four à charbon dans l'autre. Elle en proposait aux passants, deux modes de cuisson : bouillis ou grillés, agrémentés de sauce à l'oignon vert. Elle sillonnait le quartier pendant les heures de cours, mais jamais après la fin de la classe. Si elle ne réussissait pas à tout vendre, elle offrait les restes aux mendiants du quartier.

Pendant un congé scolaire, la nourrice a décidé de retourner à My Lai avec Tâm pour fêter l'arrivée du premier bébé de son fils et de sa nouvelle bru. Tâm a choisi d'apporter en cadeau deux ensembles de t-shirts et shorts assortis, et la nourrice, une bouteille de talc, un biberon, un chapeau et une petite chaîne en or munie d'une plaque fine. Dès leur arrivée, la nourrice a préparé avec le voisinage un repas digne d'un roi pour célébrer le premier mois de son petit-fils, fête qui marque la fin d'une étape critique pour le nouveau-né et son début dans la vraie vie. La nourrice s'est endormie dans l'ivresse du parfum de la peau du bébé qu'elle avait longuement humée. Tâm s'est couchée comme d'habitude à son côté sur la natte du lit en bambou.

Normalement, la nourrice se réveillait au début de l'aube. Ce lendemain de fête, la fatigue l'a gardée au lit jusqu'à l'arrivée des hélicoptères au-dessus des rizières comme une tempête d'insectes. Les paysans ne craignent pas les soldats à cause de leurs grenades et de leurs mitraillettes, ils redoutent plutôt leur imprévisibilité. Mais puisque le village est habitué aux patrouilles surprises, les voisins ont continué à prendre leur petit-déjeuner, l'amie d'enfance de la nourrice est partie au marché, le sage a récité un poème depuis son hamac et les enfants ont couru vers les soldats qui arrivaient à pied, espérant recevoir chocolats, crayons et bonbons. Personne ne s'attendait à ce qu'ils mettent le feu aux huttes en tirant avec la même allégresse sur les poules et sur les humains.

La veille, Tâm s'est couchée enfant; le lendemain, elle se réveille sans famille. Elle est passée des rires spontanés au silence des adultes aux langues coupées. En quatre heures, ses longues tresses de gamine se sont défaites devant des crânes scalpés.

Si on le lui avait demandé, la nourrice aurait choisi de mourir en même temps que la truie et à la place de son voisin pour ne pas être témoin du viol de ses filles. Alors qu'elle supplie les agresseurs de ne pas enfoncer la porte du corps de Tâm et de sa bru ni de les taillader avec leur canif, comme le font leurs frères d'armes, elle aperçoit du coin de l'œil un soldat en train de se cacher derrière le tas de paille et de se tirer une balle dans le pied. Ses camarades croient qu'il a hurlé à cause de la blessure, mais elle, elle sait qu'il a hurlé bien avant, longtemps avant, la tête enfouie entre les cuisses. Elle a eu quatre heures pour voir les villageois se faire brûler vivants dans leur cachette sous terre, se faire amputer des oreilles, se faire trouer la poitrine. Elle a vu des gens terrorisés, dépassés, incrédules et défiants, également.

Elle est présente quand un soldat reçoit l'ordre de pousser un petit groupe vers le canal d'irrigation entourant les rizières. Le soldat pense qu'on lui ordonne de monter la garde : « *Take care of them.* » Parce que le temps s'écoule lentement devant tous ces gens sans armes, le soldat commence à échanger avec les enfants en chantonnant une comptine, en mimant *Jack and Jill go up the hill*, en faisant de grosses bulles avec son chewing-gum. Il est soulagé d'avoir obtenu cette tâche, car la peur de devoir ouvrir les cachettes sous terre l'avait fait s'uriner sur lui. Il ne savait jamais combien de personnes pourraient l'attendre dans ces trous à profondeur variable. Un mètre, deux mètres, cinq mètres? Avec ou sans grenade? Avec ou sans tiges de bambou aux pointes couvertes d'urine et de matière fécale, prêtes à lui transpercer le corps? À dix-neuf ans, il a en mémoire, encore tout frais, ses jeux de cache-cache avec sa fratrie et ses cousins. Il était de ces enfants qui sursautent autant à la découverte de leurs amis dans la cachette que s'ils se faisaient prendre. Son père aurait été fier de le voir surplomber ses ennemis assis sur leurs talons, alors qu'il n'a pas encore vécu son premier amour. Heureusement, son père ne verrait jamais l'image du soldat pleurant devant son supérieur revenu lui hurler en plein visage : « *Take care of them!* » C'est ainsi qu'il avait fermé les yeux et vidé le chargeur de sa mitraillette.

Il faudra plusieurs mois avant que les politiciens et les juges lui montrent la photo du bébé presque nu, couché de travers et à plat ventre sur le tas de cadavres, telle une cerise sur un sundae.

« J'ai reçu l'ordre de tuer tout ce qui bougeait.

— Des civils?

— Oui.

— Des vieillards?

— Oui.

— Des femmes?

— Oui, des femmes.

— Des bébés?

— Des bébés.»

Les réponses lui viendront naturellement, sans qu'il ait à réfléchir. Il n'est pas le seul à pouvoir rester de marbre. Le soldat qui commentera la photo sur laquelle figure la nourrice a des épaules carrées et le dos crispé. Il soutiendra qu'il a épargné de la souffrance à la nourrice, à son fils, à son petit-fils et à sa bru en les éliminant. Le photographe a probablement reçu l'ordre de capter l'instant en suspens, en vue d'études futures des comportements humains. À trente secondes d'une mort non annoncée mais certaine, chacun réagit différemment. Ce jour-là, il y avait plusieurs options: être brûlé vif, enterré vivant ou abattu par balle.

Debout entre un arbre centenaire et l'objectif du photographe, la nourrice à le visage terrifié, comme si elle voyait déjà la mort foncer sur eux. Son fils enlace sa mère de tout son corps alors que sa jeune épouse s'agrippe à leur enfant tout en attachant le dernier bouton de sa blouse. Sur la photo, on voit le triangle de sa peau juste au-dessus du nombril; son visage anormalement calme, incliné vers le bas, le regard concentré; les cheveux fraîchement attachés; les vêtements froissés et recouverts de poussière. Longtemps après, le photographe se demandera si le déclic de son appareil n'avait pas entraîné la décharge de la mitraillette du soldat. D'un ton mesuré et lent, il témoignera que la jeune femme avait été violée et qu'elle était en train de se rhabiller lorsqu'elle s'est écroulée sous les balles. Ses doigts tentaient en vain d'appuyer sur le bouton-pression alors que les jambes de son bébé tiraient de côté sa blouse.

Elle était tombée avant d'avoir eu le temps de lever la tête et de fixer l'objectif.

Tâm a été poussée dans le ravin. Elle n'a pas assisté aux derniers instants de sa nourrice, tout comme elle n'avait pas vu mourir ses parents. Ainsi, elle pouvait croire qu'ils s'étaient enlacés dans le hamac du jardin, près de la haie de bougainvilliers, et qu'ils n'étaient jamais sortis de la profondeur de leur sommeil amoureux pour accueillir la mort.

Tâm imagine que sa nourrice a réussi à s'échapper et qu'elle vit désormais avec son petit-fils dans un village reculé, dans les montagnes. Ce jour-là, elle avait cru qu'elle avait été atteinte par les tirs du soldat qui avait fini par comprendre l'ordre de son supérieur. En réalité, elle s'était évanouie quand elle avait vu éclater la tête d'un bébé attaché contre la poitrine de sa mère par une bande de tissu. Tâm ne pouvait pas se douter que le soldat avait tiré sur cette femme en pensant qu'elle transportait des armes dans les paniers de sa palanche.

Les Américains parlent de « guerre du Vietnam »,
les Vietnamiens, de « guerre américaine ». Dans
cette différence se trouve peut-être la cause de cette
guerre.

Si Tâm avait su qu'un pilote d'hélicoptère l'apercevrait tandis qu'elle se dégageait des corps inertes, elle n'aurait pas bougé. Contrairement au bébé qui avait été tué à la deuxième salve parce qu'il avait hurlé, Tâm n'avait pas besoin du sein d'une mère dans sa bouche pour se taire et faire la morte. Le sang des autres lui coulait dans l'oreille, ce qui lui donnait l'impression d'être protégée par l'enfer, ce lieu interdit aux humains. Mais la mort n'est pas accordée à tous.

Le pilote a vu les cheveux de Tâm onduler dans son dos de la même manière que la chevelure de sa fille Diane qu'il avait endormie quelques mois, quelques jours, quelques heures plus tôt.

Le pilote a vu la vie. L'appareil est descendu jusqu'à Tâm, l'a extraite des cadavres baignés de lumière. L'homme l'a soulevée en tirant sur sa blouse mouillée, tachée d'images indélébiles. Il est remonté, avec elle au bout de son bras, en ligne directe vers le ciel.

Le pilote a donné une chance à la vie. Il a donné une chance à sa propre vie, celle qui l'attendait après la guerre, après My Lai, après Tâm, lors de son retour auprès des siens.

Quand le soldat qui a tué la nourrice et sa famille est retourné à la vie civile, il a raconté avec autant de détachement que d'enthousiasme comment il avait survécu au piège des serpents-à-deux-pas, dont le venin tuait en une foulée, et à celui de l'explosion de la grenade attachée au drapeau ennemi dont il avait voulu s'emparer, en souvenir, quand son bataillon avait pris un village. Il a l'arrogance de celui qui, durant le déploiement, a marché à quelques centimètres de la mort, qui à quelques secondes près aurait pu être pulvérisé, et qui toujours est passé à un souffle de la dernière expiration. Il s'est marié et a élevé son enfant avec assurance et désinvolture jusqu'au jour où son fils a reçu dans la tête une balle perdue alors qu'il courait derrière son chien. Depuis, l'ex-soldat reste immobile dans son fauteuil quatorze heures par jour, le corps entier tremblant malgré les médicaments. Il n'ose plus dormir parce que l'image du corps de la femme qu'il a retournée sur le dos est imprimée derrière ses paupières. Quand il ferme les yeux, il revit sa panique devant la tête éclatée du bébé encore collé à la poitrine de sa mère. Il n'a aucun souvenir des victimes suivantes. Il a braqué son M16 puis a tiré les yeux ouverts afin de noyer ses deux premières victimes au milieu d'une mer de nouveaux morts. Il les avait tous enfouis et s'était enfoui lui-même dans l'alcool jusqu'au jour des funérailles de son fils.

Quand le cadre de la photo du garçon est tombé par terre, le verre craquelé l'a renvoyé sur cette digue où il est devenu un robot, où la machine installée dans sa tête s'est déclenchée et où un seul mot s'est mis à tourner en boucle : *kill*. Il a refusé que sa femme achète un nouveau cadre. À partir du moment où il s'est installé dans le fauteuil, à côté de la photo endommagée, il a commencé à s'empoisonner, avalant tous les jours une vingtaine de pilules, espérant enfin partir pour retrouver son fils et s'agenouiller devant cette femme et son bébé vivants. Le temps reculerait, redeviendrait vierge et reprendrait à l'origine du monde.

Tâm peut décrire avec précision la façon dont les soldats glissaient l'as de pique dans la lanière de leur casque, les manches roulées jusqu'en haut des coudes, le bas de pantalon rentré dans les bottes. En revanche, elle ne se souvient du visage d'aucun soldat. Peut-être que les machines de guerre n'ont pas de visage humain.

TÂM, LE PILOTE ET LE CIEL

Dans son souvenir, un seul soldat ressemblait à un humain. Il a des joues pleines et la peau tendre. Quand le pilote américain l'a soulevée par sa blouse, elle avait le ciel dans le dos. Cette main invisible l'a arrachée à une vitesse vertigineuse du bain de sang, de ses compatriotes, de son histoire. Pendant le vol, elle a compris non seulement qu'elle était vivante, mais qu'elle allait toucher le Ciel grâce à ce soldat aux joues aussi roses que celles d'Alexandre, son père.

TÂM ET LES SŒURS

Elle n'aurait pas su dire à quel moment elle a été
ramenée sur terre et confiée aux sœurs infirmières,
ces femmes fidèles à leur Dieu et dévouées aux
déracinés.

Pendant trois ans, Tâm a grandi dans l'enceinte
de leurs bras, en communion avec le rire facile des
orphelins qui ont tout à gagner.

Le 11 janvier 1973, les sœurs demandent à Tâm d'accompagner un enfant jusqu'à Saigon pour qu'elle le confie à ses parents adoptifs. Ce voyage qui ne devait durer que quarante-huit heures se prolonge à cause d'avions retardés, de tempêtes hivernales et de nouvelles stratégies militaires. Tâm dort en cuillère avec l'enfant sur le plancher de l'orphelinat fondé par Mme Naomi à Saigon. De nouveaux bébés y arrivent tous les jours par la porte avant, par la fenêtre sur le côté, par la ruelle avoisinante, souvent le soir tombé, mais aussi en plein jour, quand les regards sont brouillés par la sueur. Son séjour s'étire, une semaine de plus. Sans soupir ni clignement d'yeux, Tâm s'est mise au travail, a immédiatement plongé ses mains dans le grand bac d'eau savonneuse rempli de petits shorts et de morceaux de tissu carrés qui servaient de couches une fois pliés en triangle. Elle secoue la poussière des nattes et balaie le plancher à la manière de sa nourrice, partant du bord vers le centre.

Puisque Tâm a étudié au lycée, la densité et le mouvement accéléré de la métropole lui sont familiers. C'est pourquoi Mme Naomi lui a confié la tâche d'aller récupérer dans un hôtel une caisse de lait en poudre offerte par des donateurs américains. Tâm ne sait pas qu'elle s'apprête à franchir à cette occasion la porte du quartier général de la CIA et que, dans le hall, des hommes cravatés tentent de faire taire le pilote aux joues roses.

Quand, trois années plus tôt, le pilote avait décidé de se pencher par-dessus la porte ouverte pour tirer la jeune adolescente du ravin, il s'était montré prêt à ouvrir le feu sur ses frères d'armes ou à se faire abattre par eux. La famille militaire, puis, au pays, ses compatriotes, ses dirigeants politiques lui ont fait le reproche d'avoir opposé ses valeurs personnelles à la loyauté envers la patrie. Son geste a mis du bien dans le mal et a confondu la force et l'innocence. Sa mise en accusation, les discussions et les débats qui en ont découlé l'ont plongé dans un tourbillon bruyant et sombre, sans échappatoire.

C'est seulement maintenant, dans le hall de l'hôtel utilisé par la CIA, que vient le moment de grâce, à la vue de la robe grise austère de Tâm, calquée sur celle des sœurs de l'orphelinat, à l'exception de son col en broderie.

Le pilote et Tâm ne se reconnaissent pas. Mais leurs regards se sont croisés. L'attirance qu'il a éprouvée pour elle est d'une telle force qu'il a osé quitter sa discussion avec les hommes cravatés pour la rejoindre. Il la retrouve à l'orphelinat le soir même, puis le lendemain, puis le surlendemain.

Il l'a convaincue de rester à Saigon, de l'attendre à Saigon, de l'aimer à Saigon. Il l'installe dans un appartement au cœur de la ville, près du marché central Bến Thành, près du palais présidentiel, près des hôtels, loin des champs de bataille, loin de lui. Le pilote et la jeune fille ont eu trois jours et trois nuits d'amour.

La première nuit, le pilote a dégagé les cheveux de Tâm et caressé son oreille gauche. Il a vu le lobe manquant, semblable à celui qui, à moitié arraché, lui était tombé dans la main lorsqu'il avait adossé la fille à la paroi de l'hélicoptère. Il a passé la nuit à lui demander pardon, et elle, à l'aimer. Lorsque son regard s'est enfoncé dans celui de Tâm, le conflit en lui, entre l'homme et le soldat, s'est tu. Il s'est enfin donné raison d'avoir bravé la folie humaine et d'avoir réussi à préserver ce qui restait de l'innocence. Au troisième jour, le pilote devait retourner à la base. Il reviendrait. Tâm l'a attendu pendant trois heures, trois jours, trois ans. Elle a continué à l'attendre mais ne comptait plus les semaines, les mois, les décennies. Car les trois jours avec lui avaient été des éternités, ses éternités.

Tâm a été très vite recrutée par l'une des mille boîtes de nuit qui avaient poussé comme des champignons dans la ville. Au pied de son appartement, le bruit des porte-clés entre les doigts qui s'éloigne dans le couloir, le silence des courants d'air dans le passage et les menaces répétitives d'éviction l'ont contrainte à accepter de nourrir avec sa chair les affamés. Elle espère entendre à nouveau le timbre de la voix du pilote chez l'un des soldats qui réclament d'elle des gestes amoureux. Chaque série d'ébats lui donne un coup au cœur. Elle se garde en vie afin de continuer à l'attendre, alors que la mort du pilote a déjà été annoncée à sa femme et à sa fille, quelque part de l'autre côté du Pacifique, à San Diego. On ne lui a pas dit que le pilote avait été écrasé accidentellement par une roue d'avion. Le poids de l'appareil a aplati son cœur trop étourdi d'amour pour se rappeler la prudence élémentaire. Il est décédé au moment où il venait de retrouver, pour la première fois depuis My Lai, le goût de respirer à pleins poumons.

Ses collègues disaient entre eux que la mort du pilote était survenue si rapidement qu'elle n'avait pas eu le temps d'effacer son sourire.

Tâm n'en savait rien. Dans sa solitude, elle reçoit les avances des soldats aux blessures invisibles, mais perceptibles au toucher dans la pénombre, comme les algues phosphorescentes dans les vagues marines qui ne sont visibles qu'à la nuit tombée. Les peurs et les angoisses de ces hommes apaisent les siennes, le poids de leurs corps comprimés déleste le sien. Quelques-uns s'éprennent de Tâm, de son anglais parsemé de mots français et teinté de l'accent vietnamien. Pressés tout contre elle, ils rêvent de banalité, de la possibilité d'un quotidien avec elle à Austin, à Cedar Rapids, à Trenton... Chaque fois, elle acquiesce à leurs rêves en posant sa main sur leur joue avant de les laisser repartir vers la jungle tissée serrée d'herbes à éléphant géantes, des herbes qui coupent comme des lames de rasoir dans des forêts peuplées de « tigres volants », ceux qui fonçaient sur eux avec des dents de fer et des griffes en acier.

L'armée accorde aux soldats cinq jours de congé à partir de leur troisième mois de service. Les soldats peuvent choisir dans une longue liste de destinations par ordre de préférence. Les amoureux optent souvent pour Hawaï afin d'y retrouver leur douce Américaine. Les passionnés de produits électroniques et d'appareils photo s'envolent pour le Japon et Taïwan. Hong Kong et Singapour attirent ceux qui veulent garnir leur garde-robe avant le retour à la maison. L'Australie est la préférée parce qu'il s'y trouve des femmes qui les célèbrent en héros, dans leur langue commune et avec des visages familiers.

Ils peuvent également choisir de rester au Vietnam, visiter les plages de Vung Tau ou plonger dans le tourbillon étourdissant de Saigon. Peu importe l'endroit du pays où ils atterrissent, une équipe les accueille pour les prévenir des pièges qui les attendent dans les bars. Car les supérieurs savent d'avance que la plupart des soldats vont passer tout leur congé entre les bras expérimentés de femmes qui connaissent mieux qu'eux-mêmes leurs fantasmes, leurs démons et leurs manques. Mais, puisque le temps est compté, le seul soulagement possible, celui qu'elles peuvent .leur offrir, est l'alcool et les gestes faussement amoureux, comme on voit dans les films. Les soldats retournent à la jungle comblés puisqu'elles ont répondu exactement à leurs attentes. Au fur et à mesure, le concept de R&R, abréviation de *rest and recreation*, s'est précisé pour devenir *rape and run* ou *rape and ruin*. D'autres sigles tout aussi réalistes se sont ajoutés, tels que A&A pour *ass and alcohol*, I&I pour *intercourse and intoxication* et P&P pour *pussy and popcorn*.

À leur retour à la base, l'armée prévoit des médicaments pour traiter ceux qui rapportent des souvenirs indésirables entre leurs jambes. Mais elle n'a prévu aucune intervention pour supprimer les graines qu'ils ont semées à l'intérieur du corps de certaines de ces femmes. Voilà pourquoi des populations asiatiques autrement homogènes, comme celle du Vietnam du Sud, se sont diversifiées avec des enfants aux cheveux pâles ou crépus, aux yeux ronds et aux cils longs, à la peau foncée ou avec des taches de rousseur, presque toujours sans père et souvent sans mère.

Un petit garçon encore né sans nom. La marchande de manioc, de patates douces orange, bleues et blanches lui a offert un morceau de plastique transparent pour le protéger de la pluie. Elle le nomme *mỹ đen*, soit « États-Unis / Américain noir ». Le coiffeur qui accroche son miroir au clou rouillé sur l'arbre chaque matin depuis des décennies préfère l'appeler *con lai*, « enfant métissé », et parfois simplement *đen*. La dame qui doit attacher des branches additionnelles à son balai pour nettoyer le trottoir toutes les nuits a allaité Louis en même temps que son bébé à elle, qui a presque le même teint de peau. Cette mère nourricière ne lui a pas donné de nom, car elle est née muette ; ou peut-être l'est-elle devenue après avoir fait la morte pour survivre à une visite de routine dans son village ; ou peut-être a-t-elle perdu la parole à la naissance de son fils, dont la couleur du corps était celle de sa mère et de ses cousins calcinés. Personne ne le sait, car personne ne le lui a demandé. C'est juste ainsi dans ce coin du monde, sur ce coin de trottoir.

Un après-midi, sur ce même trottoir, une jeune femme sortant d'un bar a laissé la porte entrouverte le temps d'un long baiser d'adieu avec son soldat américain, qui en est peut-être à sa première amoureuse, du haut de ses dix-neuf ou vingt ans. Depuis l'intérieur, la musique inonde l'espace jusqu'à la rue, où stationne le cyclopousseur du quartier. Ce chauffeur ne connaît pas tous les soldats qui fréquentent ce bar, mais il peut prédire les conséquences de chacun de ces baisers langoureux. Il a transporté bien des fois plusieurs de ces jeunes filles chez ces femmes plus âgées qui savent effacer la trace des amours éphémères. Parfois, ce sont les jeunes filles elles-mêmes qui doivent disparaître de la piste de danse et du bar le temps de mettre au monde l'enfant.

Louis n'a pas été le premier bébé à apparaître au pied des tamariniers, comme un fruit mûr tombé de l'arbre ou une plantule poussée du sol. Alors personne ne s'était étonné. Quelques-uns s'occupent de lui, lui offrant une boîte en carton, de l'eau de riz, un vêtement. Dans la rue, les plus vieux adoptent les plus jeunes au hasard des jours, faisant des familles volantes.

Il fallait bien attendre que la personnalité de l'enfant se dessine avant qu'on lui trouve un prénom. Parfois, les enfants sont identifiés par un surnom : *con què* (« fille jambe handicapée ») ou *thằng thẹo* (« garçon cicatrice »). Dans le cas de Louis, c'est à cause de la voix de Louis Armstrong qui s'échappait souvent de la porte entrouverte du bar au réveil de la sieste du midi.

Le cyclopousseur était heureux d'avoir eu cette idée éclair, d'avoir ainsi établi le lien entre la peau noire d'Armstrong et celle de Louis. Peut-être voulait-il par-là inciter Louis à imaginer la douceur des *clouds of white* malgré la chaleur du béton sous ses fesses, à sentir le parfum des *red roses* sans sa propre odeur d'urine, et à visualiser *the colors of the rainbow* quand les moustiques chantent trop fort autour de sa tête, quand il est chassé à coups de balai en même temps que les détritus, quand il salive devant des gens qui aspirent bruyamment leurs vermicelles bouillants pour les refroidir juste assez, juste un peu... Au rythme de la musique de ce *wonderful world*.

Déjà à six, sept ans, Louis maîtrise l'art de passer un long crochet à travers les grillages en fer forgé des fenêtres pour pêcher un poisson frit, une bague, un portefeuille... Quand ses mains effleurent les poches des passants, les billets s'envolent aussi rapidement qu'un battement d'ailes. Depuis toujours, il peut identifier en un clin d'œil le « cœur noir », le *tim đen* d'une personne, c'est-à-dire le siège à la fois du désir et de la faiblesse. Il sait que la mère qui l'a allaité voulait le garder en vie pour le louer aux mendiants professionnels. Un bébé aux membres mous confère à la main tendue d'une femme en haillons la noblesse de la maternité. De même, le regard hagard, le visage hébété, les joues poussiéreuses des nourrissons sous-alimentés invitent les gens à agir en justiciers.

Louis savait différencier l'odeur de ses mères d'un jour. Celle qui fouillait les dépotoirs du coin sentait la vie en ébullition et la somme des secrets des habitants du quartier. La vendeuse de billets de loterie dégageait une odeur de terre humide, alors que la porteuse d'eau offrait la fraîcheur. Quand Louis a été assez grand pour marcher, il a accompagné un chanteur aveugle qui diffusait à l'aide de son magnétophone portable des extraits dramatiques de comédies musicales folkloriques. Louis a compris rapidement que plus le haut-parleur crépitait, plus vite les gens déposaient leur monnaie dans son pot en plastique.

Ses mères ont enseigné à Louis comment rôder autour des kiosques de rue pour récupérer le reste des bols avant que leurs propriétaires ne le chassent. Certains clients laissent volontairement ou involontairement au fond du bouillon une tranche de viande. Par gêne, d'autres préfèrent lancer par terre l'os et sa moelle à un chien errant plutôt que de les tendre à Louis. Quelques-uns jettent dans leur fin de soupe leur serviette en papier sous les yeux affamés des mendiants. Souvent, ces clients-là trouvent que leurs plats n'arrivent pas assez vite ou que leur potage tonkinois manque de cannelle ou fleure trop l'anis étoilé.

À force de guetter et de rechercher les restes, Louis a appris à lire la personnalité des clients. Il devine ceux qui se réchauffent les papilles avec le piment oiseau afin que leur langue puisse cracher des mots de feu à leur conjoint déloyal. Il peut distinguer les gouttelettes de sueur, sur les côtés du visage, causées par la chaleur du bouillon de celles provoquées par la nervosité. Louis sait que les doigts qui tambourinent sont porteurs de messages. Dans ce cas, il vaut mieux rester à l'écart de ces conversations codées, puisque dans une zone de conflit l'innocence n'est plus une excuse une fois atteint l'âge de la raison. À sept ans, on commence à pouvoir séparer le bien du mal, la justice du rêve, les actes des intentions. À sept ans, il est possible de se présenter à une terrasse bondée de militaires pour nettoyer les bottes encore tachées de sang ou pour y déclencher une grenade, suivant l'ordre des adultes. À sept ans, on est censé sortir de la phase œdipienne, étape complètement étrangère au développement de Louis. De toute manière, l'âge de Louis varie selon la mémoire intermittente des mendiants du quartier.

LOUIS ET TÂM

Sous le balcon de Tâm se promènent les marchandes de cigarettes, les chiens errants et les enfants adultes, dont Louis. À huit ans, à l'époque où Tâm s'installe dans le quartier, Louis est déjà un vieux routier, car il connaît intimement la température de l'asphalte sous ses pieds pendant le jour et celle sous son dos la nuit. À l'ombre des flamboyants, il fraternise avec les chauffeurs des voitures de fonction qui attendent leur patron en jouant aux échecs chinois, le jeu des généraux. Sur le trottoir, il montre aux visiteurs le chemin du bureau de poste et la direction des bars à gogo dissimulés derrière les enseignes annonçant des « restaurants ». Il passe ses journées à sillonner les rues avec le mendiant amputé, couché à plat ventre au ras du sol sur une planche à roulettes. Louis lui ouvre le chemin en divisant la foule en trois : les cœurs coupables, les cœurs empathiques et les cœurs endurcis. Il sait à quel moment figer son geste, attendre que les gens sortent de l'argent de leur poche, ou l'instant où il peut lui-même y glisser la main. Il est le neveu de l'un, le cousin de l'autre sans avoir de nom de famille.

Durant la nuit, il retrouve son état civil, celui d'orphelin, plus précisément l'orphelin noir qui dort derrière les buissons ou sous les bancs du square, l'orphelin qui disparaît sous les étoiles, dans la noirceur du ciel ouvert.

LOUIS ET PAMELA

Quand il est devenu assez grand pour courir après les gens avec sa boîte de chiffons et de vernis en proposant de polir leurs chaussures, Louis a adopté une Américaine qui enseigne l'anglais dans un centre de formation réservé aux employées de la compagnie aérienne Pan Am. Pamela aime s'asseoir sur un banc dans le parc et dessiner le portrait des enfants qui y traînent en leur enseignant des chansons de sa propre enfance. Elle voit en Louis et ses copains de la rue des modèles riches en textures, des personnages forts en caractère, des génies clandestins. Le temps de quelques répétitions et le groupe chante à l'unisson l'alphabet.

Louis apprend l'écriture dans des cahiers apportés par la jeune femme, il trace aussi des lettres dans la poussière. Les jours de grande chaleur, la transpiration se fait encre au bout de ses doigts sur le granit des bancs de parc.

Les petits tournent autour de Pamela, leurs rires enfantins accompagnés des mots de la rue, ceux-là mêmes que les gens leur lancent à gauche, à droite, sans direction précise, au gré des montées de colère et des descentes en enfer. Pamela répète après eux ces sons étrangers en arrondissant les accents aigus, en adoucissant les graves et en allégeant les lourds, car sa langue anglaise ne sait pas moduler les variations de ton aussi pointues que celles qui existent dans la langue vietnamienne. Entre eux, un nouveau langage rempli de pléonasmes se crée: *OK được! Go đi! Má Pamela. Má* étant «maman». Les tout-petits préfèrent l'appeler «*Má*mela».

Pamela a expliqué à plusieurs reprises aux enfants qu'elle doit partir poursuivre ses études à Salt Lake City, ses enfants l'ont écoutée et même consolée. Ils se sont dit qu'il était normal qu'elle veuille retourner dans une ville où on mange du sel au lieu de la sauce de poisson, qu'il était normal qu'elle les quitte, car rien n'est permanent.

Au lendemain du départ de Pamela, un bébé est abandonné à côté du sommeil de Louis sous le banc du parc. À l'aube, quand l'une de ses mères l'a réveillé à coups de pied corné pour qu'il aille livrer des cafés, il a vu le bébé. Au retour de la tournée du matin, il a constaté que le bébé n'avait pas bougé. Spontanément, il a volé un carton de nouilles instantanées vide pour pouvoir y déposer le petit être aux cheveux clairs et aux yeux clos. Louis a l'habitude de s'approprier le rôle du Robin des Bois de la famille éphémère, probablement en raison de sa grande taille et de la cape que Pamela lui avait mise sur les épaules, en guise d'explication du mot *superhero*. Les personnes qui ne possèdent que les vêtements qu'elles ont sur le dos savent devoir et pouvoir s'appuyer les unes sur les autres. Celui qui déchire un fond de sac à main avec une lame de rasoir pour s'emparer du portefeuille peut compter sur la performance de ses frères « d'os et de sang » qui s'agitent de joie autour de la victime. Celle qui change les devises d'un client contre des *đồng* vietnamiens compte deux fois le même billet car elle sait que d'autres mains s'apprêtent à tirer sur le pantalon et sur la chemise de celui-ci. C'est pourquoi la femme nouvellement mère, celle qui vend des Salem, des Lucky Strike et des Winston de contrebande, accepte d'allaiter le bébé que Louis a trouvé.

Plus tard, Louis a nourri lui-même la petite de fonds de bouillon et de lait condensé à même la boîte de conserve qu'il rapportait du marché en se faufilant entre voitures et scooters. De temps à autre, il obtient de la marchande de cartons usagés une nouvelle boîte qui sert de maison, de chambre et de lit. Une fois, il a piqué un hochet mauve et jaune à une enfant dont la mère distraite était absorbée par une paire de chaussures en lamé or exposées en vitrine.

Louis porte son bébé dans le dos à l'aide d'une bande de tissu, tout comme les autres enfants de la famille éphémère portent leur frère ou leur sœur. La nuit, il ferme le dessus de la boîte pour le protéger des rats gourmands en petits orteils. Il est fier d'être celui qui lui a donné le nom de Hồng, en hommage à ses joues rose tendre malgré la poussière. Le contraste de couleurs entre leurs peaux attire l'attention des passants mais n'étonne pas son clan, habitué à l'improbable étant donné que les familles se forment au hasard des circonstances et des sentiments. L'un adopte l'autre en saisissant la main tendue pour se relever d'une chute. On devient tante, nièce, cousin en partageant un point d'eau, un coin de ruelle, un pied de mur.

Pendant des mois, Louis a vécu peau à peau avec em Hồng, jusqu'au jour où, en route vers son orphelinat, Naomi a entendu les pleurs du bébé.

D'une main, elle a construit des foyers à Saigon pour accueillir des orphelins. De l'autre, elle trouvait des gens qui cherchaient à devenir parents de ses enfants. Au cours de sa vie, elle a accouché cinq fois et porté plus de sept cents enfants.

Elle est décédée seule. En orpheline.

NAOMI ET EM HỒNG

Naomi a sorti em Hồng de son carton. Louis dormait à côté, les bras et les jambes entourant la boîte. Naomi voudrait les emmener tous les deux à l'orphelinat, mais Louis a pris la fuite. Par réflexe, il court vers la nuit, comme un voleur. Il a couru longtemps. Il a pleuré encore plus longtemps. Mais, immanquablement, l'aube est revenue le lendemain, puis le surlendemain et tous les jours par la suite, sans em Hồng.

LE BONZE

Les manifestations se multipliaient, ces événements très lucratifs pour Louis et ses copains. Leurs mains se baladaient dans les poches des manifestants et leurs pieds se perdaient dans la foule sans laisser de traces. Les rues devenaient brûlantes au fil des couvre-feux et des colères. D'un côté, les gardiens de l'ordre devaient montrer leur autorité et leur force supérieure en allongeant leurs bras de matraques et de mitraillettes. De l'autre côté, ils ne pouvaient s'empêcher d'admirer le courage des protestataires, leur résolution à se battre à mains nues contre leurs armes, à renverser un gouvernement élu presque à l'unanimité, à oser marcher vers un nouvel horizon. Les policiers et les militaires avaient dû se contenir pour ne pas se prosterner devant le moine resté dans la position du lotus alors que l'allumette avait craqué contre sa robe imbibée d'essence, jusqu'à la carbonisation complète du corps. Un des rares photographes qui n'avaient pas fait la sieste ce jour-là a immortalisé l'image du moine devenu torche humaine. Malgré le respect incontesté dû à la détermination mentale du bonze, l'immolation a soulevé de vifs débats sur le bouddhisme et le désir de le protéger contre les impuretés de la politique.

Mme Nhu, belle-sœur du président sud-vietnamien et femme la plus puissante du pays, a déclenché un tollé médiatique et politique en utilisant le mot « barbecue » pour décrire l'immolation. Droite et élégante dans son *áo dài* traditionnel qu'elle a modernisé en dégageant le cou et une partie des épaules, elle a reproché au bonze d'avoir manqué d'autonomie, car il avait utilisé pour son suicide public de l'essence importée.

Le gardien de la cathédrale Notre-Dame de Saigon permet parfois à Louis de se coucher sous les bancs, à même la fraîcheur du carrelage, quand il a besoin d'un refuge, s'il a été blessé par un chien, un tesson de verre ou une offense verbale. C'est ainsi qu'un jour Louis est réveillé par le son des talons de Mme Nhu qui se dirige vers l'autel. Elle et sa fille sont seules au milieu d'un groupe d'hommes. Sous le carré de dentelle délicate qui dissimule en partie son visage, son regard est tranchant. Louis n'était pas en mesure de comprendre les ordres de Mme Nhu quant à la réplique du gouvernement à la flambée des soutiens aux bouddhistes. Mais il sait d'instinct que les ongles de cette femme au visage de poupée, au corps menu et aux allures mondaines sont des griffes de dragonne, d'une reine de la jungle. Par réflexe, il retire ses jambes du rai de lumière et se fait petit même s'il ne sait pas que Mme Nhu a formé une armée de vingt-cinq mille paramilitaires femmes et qu'elle n'hésite pas à tenir un revolver au bout de son bras tendu sur un champ de pratique devant les caméras.

Un mois avant que les chars d'assaut de l'armée communiste du Vietnam du Nord ne roulent dans les rues de Saigon en arborant un nouveau drapeau, un mois avant le décollage du dernier hélicoptère du toit de l'ambassade américaine, un mois avant la victoire des uns et la défaite des autres, le président Gerald Ford débloque deux millions de dollars pour sortir du Vietnam les orphelins nés de soldats américains. C'est l'opération *Babylift*.

Le premier avion affrété est un C-5 cargo, un appareil qui sert habituellement au transport de jeeps, d'obus, de mitrailleuses et de cercueils. En soute et sur le pont, il accueille des bébés couchés à même le plancher ou dans des cartons, bien attachés, pour un court vol jusqu'à Guam, le temps d'une escale, avant sa destination finale aux États-Unis. Les premiers arrivés sont installés sur des bancs, parfois deux par deux, et d'autres, sous les sièges. Les photos montrent des bénévoles et des soldats en train de sécuriser les bébés avec les moyens du bord, elles confirment que la guerre enfante aussi des vies innocentes. Certes, quelques-uns parmi les plus âgés, assis contre les parois, pleurent devant l'inconnu. Mais les autres orphelins ont le regard fixé sur le travail à la chaîne des adultes qui transfèrent les bébés d'une main à l'autre pendant que les très jeunes dorment à poings fermés dans le ventre blindé de la machine de guerre.

Naomi est descendue de l'avion après y avoir embarqué ses orphelins. Elle se trouve encore sur le tarmac quand l'appareil explose en plein envol. Beaucoup ont longtemps cru qu'il avait été touché par un tir ennemi. Pourtant, la cause était une simple brèche, un défaut mécanique qui a arraché une porte et la queue de l'appareil. D'un coup, les rêves de 78 enfants et de 46 militaires sont partis en fumée. Au tout dernier moment, le pilote a réussi à poser l'avion en feu, sur le dos, dans une rizière. Parmi les 314 passagers, 176 ont survécu.

Un des militaires secouristes a récupéré dans cette terre boueuse un corps qu'il croyait vivant, car il ne voyait aucune blessure ni égratignure. Quarante ans plus tard, il se souvient encore de l'instant exact où il l'a soulevé. Ses yeux voyaient un bébé endormi à la peau intacte, mais ses doigts avaient la sensation de tenir un sac de billes. Cette contradiction a provoqué une déflagration dans sa tête et a fait éclater son cœur en mille miettes, comme les os du bébé.

Le lendemain, sur le même tarmac, Naomi est remontée à bord d'un nouvel appareil avec d'autres orphelins et les 176 survivants du crash.

Quant aux orphelins brûlés ou asphyxiés par la dépressurisation, leurs cendres sont enterrées en

Thaïlande. Leur existence s'est terminée dans un pays inconnu et étranger, à l'image de l'expression qui leur avait été attribuée de leur vivant : *bụi đời* (« poussières de vie »).

Quand Naomi a appris que le président Ford mettait en place l'opération *Babylift*, elle a laissé son bébé âgé de cinq jours dans sa famille à Montréal pour retourner aussitôt à Saigon. Les enfants de l'orphelinat qu'elle avait fondé l'attendaient pour le sauvetage.

Naomi a réussi à louer un *xe lam* pour transporter une douzaine d'enfants à l'aéroport. Le *xe lam* a trois roues, avec un moteur lui permettant de tirer une cabine ouverte. Il accueille habituellement une douzaine de passagers, soit deux fois le nombre prévu par le fabricant Lambretta. Puisqu'il s'agit d'un transport en commun, la voiture s'arrête à la demande, le temps que les passagers parviennent à s'accrocher au rebord ou à s'asseoir sur les genoux de quelqu'un. En route vers l'aéroport, les gens de la rue se bousculent pour monter eux aussi dans le véhicule. Ils prennent les enfants dans leurs bras, veulent s'asseoir sur l'une des deux banquettes placées face à face. Naomi hurle sans que personne l'écoute. Chacun tente de dire au chauffeur sa destination en lui tendant de l'argent, ce qui prolonge le parcours et retarde l'arrivée de Naomi et des enfants.

Le chauffeur du *xe lam* aide Naomi à charrier les petits jusqu'au tarmac, jusque dans l'avion. Il remet le pied d'un bébé à l'intérieur de sa boîte et en rassure une autre, qui tire si fort sur sa vieille chemise qu'elle la déchire.

Naomi doit elle aussi prendre place à bord de l'avion, le premier vol de l'opération *Babylift*, qui doit être accueilli à son arrivée aux États-Unis par les journalistes et par le président Ford en personne. Au décollage comme à l'atterrissage, les orphelins sont attendus par des caméras, des appareils photo, des flashs éblouissants. Alors que Naomi s'affaire à asseoir puis à attacher des enfants contre les parois et le plancher de l'avion, avec ou sans leur boîte de carton, une bénévole lui apprend qu'un autre avion partira le lendemain. Naomi décide de débarquer et d'aller chercher les autres enfants pour le deuxième vol.

Restée sur le tarmac à côté du chauffeur du *xe lam*, elle voit l'avion exploser, une boule de feu retomber dans les rizières au bout de la piste.

Un photographe a capté le reflet des flammes dans ses yeux, elle qui a traversé trois continents, un océan, douze fuseaux horaires pour se battre contre le destin. Elle est une mère qui se prenait pour Dieu, celle qui voulait propulser ses orphelins vers l'avenir à la manière d'un parent qui sauve son enfant en le jetant du balcon d'une maison en feu. Mais là, en voulant les faire voler sur les ailes d'un aigle géant, elle les a brûlés vifs. Naomi pensait épargner à ses enfants l'enfer sur terre. Elle ne s'imaginait pas que l'enfer pouvait aussi se trouver dans le ciel. Si elle avait parlé le vietnamien, elle aurait su que le « Ciel » est le siège du pouvoir de l'Être suprême, de celui qui décide de la vie, de la mort et des peines que purgeront ceux qui n'ont pas su respecter la vie.

M. Le Ciel, ou Ông Trời, prévoit dix-huit supplices
à infliger aux personnes ayant des comportements
répréhensibles. Ceux qui gaspillent le riz devront
manger un ver pour chaque grain laissé au fond
du bol. Ceux qui ont volé la femme d'un autre,
dupé un enfant, maltraité les bons seront lancés
dans un bain d'huile bouillante géant. Ceux qui
ont évité une condamnation de façon malhonnête
seront obligés de se tenir devant un miroir et de
s'y regarder. En enfer, les peines sont clairement
définies. Sur terre, Ông Trời punit sans suivre un
plan précis, et selon une temporalité variable. De
même, il ne se soucie pas de présenter les causes
des châtiments. Car cela ne s'explique pas, qu'un
soldat âgé de dix-huit ans, un adolescent, ait reçu
l'ordre de ramasser au milieu des jeunes pousses
de riz et des débris d'un avion calciné des cadavres
recouverts de boue, dont celui d'un bébé en parfait
état. Il n'avait jamais porté un bébé dans ses bras
avant cette mission de secourisme. En ce bébé qui
ne présentait aucune blessure, même pas une égratignure, les yeux du soldat ne voyaient pas le visage
de la mort, ou peut-être son cœur espérait-il tant

rencontrer la vie qu'il s'était aveuglé jusqu'à ce que ses mains s'aperçoivent des os cassés. Trente ans, quarante ans plus tard, la sensation de soulever le corps flasque de ce bébé lui revient soudainement quand il déplace un sac de charbon ; quand il montre à son petit-fils de deux ans un nid d'écureuil ; quand il entend une femme dire « *My God! Trời ơi!* », le téléphone collé à l'oreille devant le rayon des céréales.

Naomi n'a pas eu le temps de pleurer les soixante-dix-huit pertes, car il fallait offrir la possibilité de vie à des orphelins vivants.

Au final, plus de trois mille enfants ont bénéficié d'un nouveau départ dans un nouveau pays avec de nouveaux parents. Les militaires et les bénévoles qui les avaient nourris à la bouteille ont remis les premiers enfants aux parents adoptifs qui les attendaient sur le tarmac à San Francisco.

Entouré de bénévoles, de militaires, de parents et de bébés, le président Ford berçant un nourrisson dans ses bras sourit généreusement aux caméras. Il sait que les yeux hagards de ces enfants habituellement ignorés l'aident à offrir une dernière image glorieuse des États-Unis avant leur retrait définitif du Vietnam. C'est pourquoi il a déroulé le tapis rouge pour accueillir ces « poussières de vie ».

Au cours de l'opération *Babylift*, Hugh Hefner, le fondateur et directeur de *Playboy*, prête son jet privé et ses *bunnys* pour faciliter le transport des enfants orphelins du centre de traitement des demandes en Californie jusqu'à leurs parents adoptifs à Madison, à New York, à Chicago... Les *bunnys* ont su amadouer les bébés avec le même charme que celui qu'elles utilisent pour affaiblir les genoux des hommes.

Tout comme au hasard des naissances, em Hồng s'est retrouvée collée contre Annabelle, contre son cou, contre son parfum. Le prénom Emma-Jade rappelle les Southern Belles. Il lui est venu dans le jet privé de Hugh Hefner, au milieu des femmes de la famille *Playboy*.

Annabelle et Howard ont pris la décision d'élever Emma-Jade à Savannah comme si l'enfant n'avait eu aucun autre passé que celui qu'ils lui construiraient.

Dans ses robes sans faux plis, Annabelle s'exécute en épouse d'Howard, le politicien respecté aux cheveux parfaitement placés et à la voix rassurante. Quels que soient le jour et l'heure, Howard peut compter sur une demeure impeccable, toujours en état d'être photographiée, d'accueillir une réunion ou une réception. De même, il peut compter sur la mine irréprochable d'Annabelle à côté de la sienne. Pour sa part, Annabelle a l'assurance de conserver son titre de Mrs. Pratt. À la télévision ou à la radio, Howard utilise souvent la formule « mon épouse et moi ».

Certains de leurs amis sont d'avis qu'Emma-Jade a la mâchoire et le regard de son père Howard, d'autres insistent sur le fait qu'elle est l'image même d'Annabelle.

Il va de soi qu'Emma-Jade ressemble à sa mère. Elle est coiffée par la coiffeuse d'Annabelle. Elle porte les mêmes robes en version enfant modèle et princesse intouchable. Elle s'assoit à la manière d'Annabelle, les genoux collés et légèrement penchés vers la gauche. Suivant les traces de sa mère, Emma-Jade s'est jointe au groupe des *cheerleaders*, joue au volley-ball, au basketball et du piano. Annabelle se donne corps et âme à Emma-Jade. Par gratitude ou, plutôt, par instinct de survie, Emma-Jade porte son image.

Pendant leurs vingt ans de vie commune, il n'y a eu aucun scandale, aucune controverse. Leur quotidien a été sans histoire, presque sans mémoire. Les jours, les mois, les années se sont accumulés et répétés telles les minutes d'une montre, sans que l'ombre d'un doute les effleure. Personne ne pourrait soupçonner qu'Annabelle avait pris l'engagement de soutenir les ambitions politiques d'Howard et que lui, en échange, la protégeait contre sa famille fortunée et influente, qui l'avait obligée à jurer devant Dieu de préserver sa virginité jusqu'au mariage et leur respectabilité en cessant d'aimer amoureusement sa meilleure amie Sophia.

Lors du concours annuel de tartes aux pommes dans le grand jardin du musée historique de Savannah, Annabelle a été charmée par la tarte tatin de Monique, la tarte que le jury considérait comme « nue », voire indécente à cause des quartiers de pommes exposés tout en rondeur. Depuis leur rencontre, Annabelle et Monique passent leurs journées à cuisiner ensemble, ce qui expose Emma-Jade à la salade niçoise, au cassoulet, aux fraises à la chantilly, aux langues de chat et à ses premiers mots de français.

En présence de Monique, Annabelle est une autre. Les rires sonores, en éclats, traversent la cuisine comme la farine qui fuse librement autant dans les airs que par terre et sur leur visage. Monique raconte mille histoires sans craindre de faire des erreurs en anglais, sans arrêter de gesticuler pour mimer le goût du beurre frais de la Normandie sur le bout de la langue, la taille de son père, un géant, la démarche de son premier petit copain... Le bruit des bagues de Monique quand elle tient le visage d'Emma-Jade pour l'embrasser fait danser les figurines en porcelaine, ainsi qu'Annabelle dans ses robes cintrées et amidonnées. Au temps de Monique, Annabelle est heureuse. Sublime.

Un nouveau contrat de travail de Laurent, le mari de Monique, les conduit à Montréal, ville où Emma-Jade a été choisie pour son premier échange à l'étranger, ville où elle entend ses camarades parler de la musique du sable dans le désert, de la déesse Shakti, des aurores boréales... C'est également à Montréal qu'elle cesse les rendez-vous mensuels chez la coiffeuse pour ne plus entretenir le blond ingénu de Brigitte Bardot, le blond discret d'Ingrid Bergman, le blond glacé de Grace Kelly. Sous le brun banal et anonyme de sa couleur naturelle, Emma-Jade voit son visage se révéler, semaine après semaine, dans la forme légèrement en amande de ses yeux et dans son teint doré. Les gens qu'elle rencontre pour la première fois la croient brésilienne, libanaise, sibérienne. Soudainement, elle semble provenir d'un ailleurs lointain, sans identité précise.

Après Montréal, Emma-Jade n'est plus jamais retournée habiter à Savannah, tout comme Howard, qui s'est installé à Washington. Emma-Jade a vagabondé dans plusieurs universités européennes en acceptant des emplois sans direction précise, avant celui que lui propose William.

William offre à ses clients des espaces virtuels
où les règles sont définies par les fantasmes et
l'amour, par le jeu. Sa fortune croît au rythme des
envies secrètes de ses abonnés, de leurs pulsions
à regarder des femmes aux poils sous les aisselles
excessivement longs se battre dans un bain de
boue ; ou à suivre celle qui a l'ambition, à vingt-
cinq ans, de devenir la plus lourde du monde en se
gavant à l'entonnoir ; ou à regarder celle qui dort
avec un séchoir allumé sur son oreiller en mâchant
du papier hygiénique. William est également un
des premiers à créer des sites de rencontres vir-
tuelles où l'amour se décline en plusieurs groupes
et sous-groupes. Après un doctorat en psychologie,
un autre en philosophie et plusieurs années de pratique en travail social, William connaît l'endroit et
l'envers de l'humain. Surtout, il a appris comment
l'épier sans s'en approcher, comme ses clients.

Il engage chaque année un ou une universi-
taire dont le travail consiste à lui faire découvrir
le monde à la manière d'une encyclopédie, à la
manière de son père draveur, qui apportait sur ses
chantiers forestiers un volume à la fois pour le lire

le soir et le raconter à ses collègues le lendemain, et à ses enfants au retour à la maison six mois plus tard. Pendant longtemps, William a pensé que le jus Kool-Aid venait en aide aux « coolies ». Il était encore un jeune garçon quand son père comparait le travail des hommes dans le bois à celui des ouvriers d'une autre ère.

Puisque William ne quitte plus son penthouse, il a
engagé Emma-Jade pour qu'elle parcoure le monde,
pour qu'elle lui raconte le congrès en Finlande sur
la libération des virus et des bactéries millénaires
causée par la fonte des glaces, le travail sous la
loupe d'un faussaire contrefaisant des passeports,
le quotidien d'une femme qui a peur de toucher des
boutons. Emma-Jade lui rapporte aussi des histoires spontanées, des anecdotes de gens qu'elle a
croisés au hasard de ses déplacements.

L'histoire qui a incité William à parrainer une
école au Cambodge tient de la rencontre d'Emma-
Jade avec un chauffeur de taxi qui a survécu aux
Khmers rouges après avoir été témoin de la déca-
pitation, à tour de rôle, de son père instituteur et
de son frère considéré comme intellectuel à cause
de ses lunettes. Pendant les deux années passées
dans la forêt cambodgienne avec un groupe d'ado-
lescents séparés de leur famille par les militaires,
il n'avait pour tout vêtement qu'un boxer short. Il
avait pu retrouver sa mère et ses six frères et sœurs
à la fin de l'ère Pol Pot, alors que ceux-ci étaient
dispersés aux quatre coins du pays ; les plus jeunes

avaient sept et huit ans. Malgré leur fuite jusqu'à Paris, malgré le traumatisme du coup de pelle qui a frappé sa tête dans le but de le tuer, il retourne régulièrement au Cambodge, croyant que l'amour s'y trouve, encore.

Grâce à une conversation avec sa voisine physicienne dans un train, Emma-Jade a appris que les chercheurs travaillent sur les inconnus connus mais également sur les inconnus inconnus puisqu'il y a l'inconnaissable et l'impossible. Cette rencontre lui a permis de bien cerner William et, aussi, de s'inscrire à ce groupe d'insatiables qui croient que les connaissances sont la seule forme de l'infini qui soit accessible aux humains. C'est ainsi que William a renouvelé le contrat d'Emma-Jade pour une durée indéterminée. Il souhaite garder un œil sur le monde à travers celui d'Emma-Jade.

Emma-Jade saute d'un fuseau horaire à l'autre à cloche-pied, comme dans un jeu de marelle. Elle les survole sans les compter. Elle vit souvent des journées de trente heures où elle fait des bonds dans le temps, sa montre pouvant indiquer la même heure à plus d'une reprise. Ces courses lui permettent en une même année de s'émerveiller plusieurs fois devant des magnolias en fleurs. En un seul et même automne, elle ramasse et compare des feuilles d'érable tombées à Brême, à Kyoto et à Minneapolis.

Elle fait partie de ceux qui ont incité les aéroports à se transformer en des milieux de vie. Il n'est plus rare d'y trouver un piano à queue et un pianiste qui joue avec le même désenchantement du Beethoven et du Céline Dion, histoire d'ennoblir un peu les burgers et les sushis servis sur des plateaux en plastique. Certains aéroports offrent des bibliothèques baignées d'une lumière chaleureuse et des salles de prière tranquilles pour permettre aux croyants de converser avec les dieux avant de s'en remettre à la technologie une fois embarqués. Certains terminaux prévoient des chaises longues devant les fenêtres surdimensionnées inondées par le soleil ou des fauteuils de massage devant des murs géants tapissés de plantes luxuriantes en provenance des cinq continents, les racines des unes mariées aux jeunes pousses des autres. Les fougères d'Asie, les bégonias d'Amérique du Sud, les violettes africaines grandissent côte à côte joyeusement et abondamment, rassurant les voyageurs quant à leur contact avec le monde extérieur. Au milieu des couloirs sans fin, des restaurants-îlots surgissent en oasis. La géographie culinaire ne respecte plus aucune carte. Les olives marinées se trouvent à un jet de pierre du saumon nordique alors que le pad thaï fait concurrence au *fish and chips* et au jambon-beurre. Les plus chics offrent du caviar et du champagne. Ainsi peut-on fêter seul son anniversaire avec des bulles et des passants voyageurs.

Il faut un œil entraîné pour repérer Emma-Jade dans la foule. Elle porte toujours le même pull gris en cachemire, laine à la fois légère et chaude. Dans son tiroir, trois pulls semblables attendent de remplacer celui dont les mailles céderont aux frictions des bandoulières et au poids des kilomètres accumulés. Ce pull la couvre et la protège des sièges marqués par le corps des étrangers qui l'ont précédée. Il est son repaire, sa maison itinérante.

Comme d'habitude, elle mange une bouchée avant l'embarquement pour mieux s'endormir dès qu'elle prend place dans son siège, avant le décalage, avant d'être envahie par l'odeur de la dame qui a essayé trop de parfums dans la boutique hors-taxes et par celle du monsieur qui a couru entre deux terminaux dans son manteau trop épais.

Ce jour-là, Louis est le premier passager à se lever pour se présenter à l'ouverture de la porte d'embarquement. Il a l'uniforme des voyageurs professionnels : valise gris acier, pantalon anthracite, veste noire légère, extensible et près du corps. Tout est de couleur sombre, discrète, presque invisible. En un clin d'œil, Emma-Jade a compris que Louis saluerait ses voisins avec courtoisie afin de les tenir à l'écart et d'éviter une éventuelle conversation. Comme elle, il dort aussi souvent au-dessus des nuages que sur terre. Comme lui, elle sommeille avec autant d'aise assise dans l'espace restreint des sièges numérotés que couchée dans des chambres aux portes identifiées.

Elle s'est précipitée pour se placer en deuxième dans la file, derrière lui. Elle voyait son passeport déjà ouvert à la bonne page, ce qui indique qu'il saura placer sa valise correctement dans le compartiment sans bloquer indûment le passage.

Emma-Jade ressentait une certaine fierté de s'être habillée en voyageuse professionnelle, comme Louis. Elle agrippe la poignée de la valise de sa main gauche, prête à bouger au premier grésillement des haut-parleurs. Quel que soit le pays ou l'aéroport, la voix qui annonce les vols possède la même intonation, le même rythme, le même souffle. Elle a hâte d'entendre le son du ruban que les agents mettent en route pour annoncer le début de la course. Elle a hâte de s'installer bien au fond de son siège et de s'endormir avant le décollage. Elle a hâte de se retrouver dans cet univers restreint où elle a l'impression d'être dans son intimité, tandis que, à côté d'elle, le soupir de son voisin déplacera son air, son coude sur l'accoudoir frôlera inévitablement le sien, et qu'elle reconnaîtra le film que l'autre a choisi de visionner. Mais il entendra à coup sûr ses larmes à l'intérieur de sa gorge pendant son sommeil. L'odeur de l'avion, le confinement des passagers et le bruit constant des moteurs produisent chaque fois chez elle un tremblement sourd dans l'estomac et une envie imbattable de dormir profondément, presque comme un évanouissement.

Au signal, Louis et Emma-Jade sont partis d'un pas coordonné, elle derrière lui. Ils marchent au même rythme, accompagnés par le bruit régulier de leurs valises à roulettes. Ils avancent avec assurance en obéissant aux règlements, tels des soldats en parade militaire dans ces couloirs étroits qui empêchent toute incivilité. Ils se suivent de près en conservant une distance polie, selon les consignes non écrites des voyageurs aguerris.

La vie d'Emma-Jade a toujours ressemblé à ces couloirs qui permettent de continuer d'avancer sans se questionner. Or, ce jour-là, Louis s'est brusquement retourné sur un présentoir dans le coude du couloir. Au moment où il évitait de justesse la collision entre sa valise et le pied d'Emma-Jade, leurs regards se sont croisés, marquant ainsi cet espace anonyme. Ils auraient peut-être arrêté leurs pas, mais la foule derrière eux les en empêche. Ils recommencent à avancer, Emma-Jade à trois pas derrière Louis.

À l'intérieur de l'avion, par le plus pur et heureux des hasards, seulement un siège les sépare. Louis a souri à l'agente de bord, a parlé au passager surchargé de sacs et a salué son voisin. Emma-Jade a ramassé le foulard qui se détachait de l'épaule arrondie par les décennies de sa propriétaire. Elle a tendu à leur voisin commun sa ceinture. Mais ils ne se sont pas adressé la parole. Ils se sont regardés souvent et longuement.

Pour la première fois de sa vie, Emma-Jade est restée éveillée, fascinée par la position parfaitement droite adoptée par Louis durant son sommeil, malgré le relâchement des muscles.

À destination, puisque Louis se retrouvait derrière Emma-Jade dans la queue, attendant le contrôle des passeports, elle l'a abordé pour lui offrir la photo qu'elle avait prise de lui.

Emma-Jade a revu Louis la première fois à Bordeaux, conformément à l'invitation inscrite à la page 122 du roman *Austerlitz*, de W. G. Sebald, un roman qu'elle était en train de lire quand ils avaient fait le voyage en avion. Par la suite, c'est à Guam qu'ils se sont retrouvés, une île située dans l'océan Pacifique, à mi-chemin entre le Japon et l'Australie, à l'est des Philippines, à l'ouest de l'immensité. Louis y était arrivé en tant qu'enfant réfugié, il y était devenu le fils de Tâm et d'Isaac, perdus au milieu des dix-sept mille pieds de clôture de la base de l'armée de l'air américaine, de ses quatre cents toilettes sèches et des trois quarts des avions B-52 de toute la flotte. Tâm avait été l'interprète d'Isaac, historien montréalais obsédé par le destin des premiers Vietnamiens exilés, instantanément tombé amoureux d'elle. Elle avait aussi été l'une des interprètes des mots confus et inquiets des cent mille Vietnamiens qui avaient eu la chance de se réfugier à Guam après le 30 avril 1975, après la perte de leur Vietnam.

De tous les hélicoptères qui ont atterri au milieu des tirs pour extirper les soldats blessés et récupérer les cadavres déchiquetés, les rotations les plus fameuses sont celles, entre le 29 et le 30 avril 1975, à l'aube, des appareils chargés de civils qui avaient réussi à escalader des murs. Les Saigonais couraient vers le port et surtout vers l'ambassade américaine dans l'espoir d'échapper aux chars d'assaut qui arrivaient du nord pour annoncer la paix. Les privilégiés savaient qu'il y avait vingt-huit autres points d'évacuation, dont treize toits identifiés avec un grand H, de la dimension exacte des patins d'atterrissage des hélicoptères Huey. D'autres ingénieux offraient des bijoux ou leur motocyclette aux chauffeurs de haut gradés américains pour se faire dire vers où courir, par où sortir de la ville encerclée par les nouveaux occupants.

Neuf heures durant, le ciel de Saigon a été la toile de fond d'une chorégraphie d'hélicoptères transformés en navettes d'évacuation. Afin de maximiser la capacité des Huey disponibles et le nombre de décollages et d'atterrissages, les militaires n'ont pas respecté le règlement : ils n'ont mis qu'un pilote par appareil et, surtout, ils ont laissé monter à bord de vingt à vingt-quatre personnes au lieu de douze, le nombre de sécurité. Lors de l'un des derniers décollages, un Américain a choisi de voler debout sur le patin d'atterrissage, s'accrochant à la mitrailleuse, afin de laisser sa place à un jeune garçon seul et à deux enfants qui lui avaient été tendus par leurs parents restés au bout de l'échelle. À la tombée du jour, les hélisurfaces improvisées sur les terrains de tennis et le parking de l'ambassade étaient éclairées par les phares des voitures garées en cercle.

Les responsables de l'opération *Frequent Wind* ont remué ciel et terre pour que les 31 pilotes volontaires sauvent 978 Américains et 1220 Vietnamiens et gens d'autres nationalités. Parmi les évacués, une adolescente est devenue chercheuse en biotechnologie à Atlanta, un jeune homme s'est bâti une carrière d'anesthésiste en Californie et un autre a fait fortune dans les poissons au Texas.

Comme Louis dormait l'oreille collée au sol, il entendait les déplacements des policiers, des ambassadeurs, des dirigeants et des agents des services secrets, mais aussi le bruit des pieds nus des rebelles. Personne ne soupçonnait que, sous la maison de trois mètres de large de la femme qui achetait et vendait du verre et du carton usagés, une cellule de résistants préparait le soulèvement contre le gouvernement en place. Louis était une des rares personnes à avoir remarqué le trou d'aération caché sous le banc en bois où la marchande s'asseyait en permanence. S'ils avaient pu, comme lui, faire abstraction du bruit des bouteilles pesées, de la manipulation des paquets de journaux, des klaxons des scooters et des bicyclettes, les passants auraient entendu que l'on discutait de la prise de la station de radio, du transfert d'argent vers le nord, de l'avancement des troupes vers le sud, de la paix victorieuse qui surgirait bientôt, au milieu des soldats tombés au front et des citoyens pris en otage entre deux lignes de feu.

La ville de Saigon n'est pas assise sur un volcan sur le point d'entrer en éruption. Sa fébrilité puise sa source non pas dans les rues bondées de vendeurs de plumeaux, de femmes juchées sur leurs talons hauts, de jeeps des MP, mais plutôt dans les racines profondes qui soulèvent l'asphalte et la boue, dans la poussière et l'identité battues.

Louis sent ce tremblement de terre se préparer sous ses pieds. Sur les trottoirs, il entend les chauffeurs parier entre eux sur l'importance du bain de sang à venir. Les patrons oublient que leur chauffeur, le dos tourné et silencieux derrière le volant, capte malgré eux leurs mots. Des mots étrangers au début, qui forment avec le temps des phrases révélatrices des secrets les plus sourds, des désirs les plus cruels et des informations les plus délicates. Lors d'une conversation entre sa patronne et une amie touriste, le chauffeur de l'épouse du directeur de la compagnie pétrolière a saisi au vol la phrase : *The temperature in Saigon is 105 and rising* ; celui de l'avocat a entendu son patron apprendre à son fils à reconnaître et à siffloter *White Christmas* ; celui de l'ingénieur a su de sa fille que le signal d'évacuation serait donné à la radio ; celui du directeur du club de l'amitié Vietnam–États-Unis *Việt Mỹ* a repéré les toits qui doivent servir d'héliports le jour J... Sans qu'il existe une association officielle des chauffeurs, ils se retrouvent inévitablement à attendre leurs patrons autour des kiosques à café. Il aurait fallu seulement quelques échanges entre eux pour qu'ils reconstituent le plan d'évacuation à partir de bribes d'information collectées, placées et comprises, tels les morceaux d'un casse-tête.

Le dernier mois avant le retrait définitif des États-Unis du Vietnam, de moins en moins d'Américains circulent dans les rues de Saigon et se rendent dans ses bars à gogo.

Comme Louis, Tâm ressent elle aussi les tremblements secrets de la ville. Un de ses clients amoureux d'elle lui a conseillé d'écouter la radio pour guetter le signal ultrasecret de la fin et du départ.

Il est difficile de contenir l'agitation, car les places dans les avions de ligne se font de plus en plus rares, et les déménagements, de plus en plus nombreux.

Quand un avion militaire explose en plein ciel, immédiatement après le décollage, la tension monte subitement d'un cran. Les Saigonais ignorent que cet avion ne transportait ni chars d'assaut, ni soldats, ni armes de pointe, mais des orphelins.

Il a suivi les chauffeurs qui ont répondu avec leurs patrons au signal de la chanson *White Christmas* diffusée à la radio. Se faufilant parmi la foule des adultes, il est parvenu jusqu'au toit où les gens grimpent un à un à l'échelle de l'hélicoptère en vol stationnaire, se faisant aider par un responsable américain. Louis monte à son tour grâce à l'indécence d'un homme qui leur est passé devant en bousculant toute la queue. L'Américain l'a écarté brusquement des marches avant de le mettre K.-O. d'un coup de poing spectaculaire en dessous des pales et sous le bruit assourdissant du rotor. Louis croit encore qu'il a pris la place de l'homme au sol, abandonné sur le toit, car même le chef de poste a dû quitter la plate-forme en se tenant debout sur le patin de l'appareil.

Louis et 6967 autres évacués ont été déposés aux navires affrétés pour cette mission appelée opération *Frequent Wind*.

Peut-être que son père était nul autre que celui qui a posé le dernier hélicoptère dans l'espace d'atterrissage de l'ambassade pour sauver *in extremis* les onze *marines* oubliés par l'opération *Frequent Wind*.

Peut-être.

Il y a eu de nombreux allers-retours d'hélicoptères au-dessus de l'ambassade américaine, où Tâm avait réussi à pénétrer.

La fin de la guerre est arrivée avec beaucoup de bruit, comme si la paix devait être annoncée et accueillie par des tirs, des feux, des cris et des crises de panique.

L'ambassadeur des États-Unis a reçu l'ordre de partir, de procéder à l'évacuation. Tous ceux qui savent que la persécution les attend aux mains des victorieux convergent vers l'ambassade, pendant que les employés broient et brûlent les télégrammes, les billets de banque, les documents secrets. Les feux de circulation, tout comme les policiers debout aux intersections, bâton à la main, sous leur abri métallique en forme de parasol, sont complètement ignorés par le flot incessant des véhicules. De même que les animaux sentent les prémices d'un tremblement de terre, les gens courent, cherchent un endroit où se mettre à l'abri des colonnes de chars d'assaut et de camions militaires qui avancent fièrement, les soldats brandissant le nouveau drapeau à bout de bras.

Devant l'ambassade, la démarcation entre les trottoirs et les rues s'est effacée. On se presse contre ses portes barricadées, gardées par des mitraillettes prêtes et nerveuses, et contre les entrées des immeubles menant au toit, aux échelles, à la plateforme d'une autre hélisurface d'où l'on espère être emmené vers le large. Vers l'immensité de l'inconnu.

Tout comme l'hélicoptère qui a transporté Louis, celui de Tâm a atterri sur l'un des navires bondés. Il y a là aussi des gens qui arrivent à bord de petites embarcations. Ils grimpent par des cordes et des chaînes. Certains perdent pied, d'autres lâchent et plongent. Tâm a vu des soldats faire basculer des hélicoptères par-dessus bord afin de laisser de la place aux évacués. Les militaires ignorent la capacité maximale de sécurité et la quantité d'heures de vol réglementaire. Les pilotes ont doublé le nombre de vols possible en laissant leurs copilotes aux commandes d'autres hélicoptères. Un à un, ils tournent dans le ciel jusqu'à tard, jusqu'à la noirceur, jusqu'à la dernière occasion en sachant que des centaines de personnes agglutinées autour de la piscine de l'ambassade espèrent encore un autre vol, un autre dernier vol.

La fin officielle de l'opération *Frequent Wind* a été donnée aux militaires par le signal: « *Tiger, tiger, tiger.* » Ou était-ce plutôt « *Tiger is out* » ? Une chose est certaine, à partir de ce moment-là, le bruit des chars d'assaut sur l'asphalte a remplacé celui des rotors dans le ciel.

L'humain est de la catégorie des animaux qui ne possèdent qu'une couleur sur quatre-vingt-quinze pour cent de leur corps. Ils ne peuvent pas étaler de plumes, ni balayer le sol avec leur queue, ni gonfler un sac gulaire pour séduire ou pour dissuader. Alors ils s'habillent, se maquillent et se colorent les ongles. Des guerriers de Babylone, qui noircissaient leurs ongles, jusqu'à Cléopâtre, qui trempait le bout de ses doigts dans du henné rouge, en passant par la famille impériale chinoise, qui préférait la brillance de l'or et de l'argent, les princes se distinguaient du reste de leurs sujets en interdisant à ceux-ci l'utilisation de leurs couleurs sacrées.

Il a fallu attendre l'invention de la voiture pour que se démocratise la décoration des ongles. Au début du XXe siècle, le lustré de la peinture automobile et du vernis à ongles a séduit les bourgeois et encouragé la classe moyenne à aspirer à la richesse. Depuis, les flacons de laque garnissent les rayons des grands magasins, les étagères des salons de manucure, les trousses de toilette des femmes. Si cette industrie ne cible que la moitié de la population, elle génère tous les ans une dizaine de milliards de dollars. Dans les laboratoires, les chimistes passent même leurs week-ends à se battre contre la fragilité des matières et contre les ongles qui poussent et repoussent sans cesse, recouverts ou non d'un morceau d'acrylique, décorés ou pas. Les scientifiques ne peuvent rien contre cette réalité : la nature poursuit son chemin et se révèle transparente, neutre, sans intention.

Dans les salons, les manucures proposent la forme en amande pour remplacer le carré de l'ongle naturel et vantent le brillant par-dessus le mat pour permettre aux clientes de revenir dans l'arène de leur vie en taisant leurs peines du moment : le vernis pailleté brille pour celles qui ne voient pas le bout du tunnel, le turquoise plaît à celles qui sont dans le vacarme, les ongles pointus sont choisis par celles qui ont été griffées. Sur leurs chaînes YouTube, les adeptes créent de nouvelles tendances à l'aide d'images qui font miroiter le paradis virtuel ou la jeunesse ubuesque. Beaucoup expliquent et montrent comment limer, nettoyer, découper, coller, tailler, vernir... Étape par étape, seules pendant de longues minutes devant la caméra, elles s'adressent à un public tout aussi seul de l'autre côté de l'écran.

En un peu plus d'un siècle, la palette des couleurs s'est enrichie de centaines de nuances. Le nom de chacune annonce une singularité propre à renforcer la couleur de celle qui la porte : *Butterfly Kisses* pour le rose barbe à papa ou fille à papa, *Prêt-à-surfer* pour le bleu océan des eaux libres, *Mad Women* pour le framboise velours sans détour, *Sunday Funday* pour le corail innocent, *Crème brûlée* pour le beige immobile, *Lincoln Park After Dark* pour le gris des nuits blanches, *Funny Bunny* pour le blanc des ingénues usurpées, *Rouge en diable* pour le sang meurtrier, oxydé.

Louis a inventé le *Vert rizière*, le *Vert goyave*, le *Vert bouteille* pour décliner la couleur des yeux d'em Hồng.

Isaac a épousé Tâm et adopté Louis sur le sol de Guam. Ensemble, ils forment une famille qui fait sourciller ou sourire les passants.

Au cinquième anniversaire familial, Isaac a emmené Tâm et Louis en Californie, pour le suivi du parcours des Vietnamiens qu'il a vus transiter par Guam. À sa grande surprise, il constate que la plupart des réfugiés devenus immigrants sont bien installés dans leur nouvelle vie et que bon nombre d'entre eux ont leur propre entreprise, du petit restaurant à la compagnie d'entretien ménager commercial, en passant par l'épicerie spécialisée, l'agence d'assurances... Les salons de manucure sont les plus nombreux.

Lors de sa visite dans un camp en 1975, Tippi Hedren, l'actrice du film *The Birds*, d'Alfred Hitchcock, a reçu de réfugiées vietnamiennes des compliments pour ses ongles impeccables, ce qui lui a donné l'idée d'organiser une classe de manucure pour une vingtaine d'entre elles. Ses premières étudiantes, nouvellement californiennes, ont à leur tour transmis leurs connaissances à soixante autres, qui ont elles aussi formé d'autres manucures, puis elles se sont multipliées, sont devenues trois cent soixante, trois mille soixante... En quelques années seulement, elles ont ouvert des salons de manucure partout aux États-Unis, en Europe et dans le monde.

Tâm a ouvert le premier salon à Montréal après avoir reçu des conseils de Thuân, celle qui n'avait pas fait de remarques sur le métissage de Tâm ni sur celui de Louis à Guam.

Thuân est la première Vietnamienne à s'associer à Olivett, propriétaire d'un salon de coiffure afro-américain dans le quartier de South Bay, à Los Angeles. En cassant les prix de soixante à soixante-quinze pour cent, elle propose ses services à la clientèle d'Olivett. Leur alliance a fait naître de nouveaux besoins, une nouvelle culture et un nouveau commerce, qui pèse aujourd'hui plus de huit milliards de dollars américains. Soit le prix de 48 484 hélicoptères Huey usagés, ou six allers-retours entre le Soleil et la Terre en kilomètres ; ou la masse de 5 525 Boeing 747-400s en kilogrammes ; ou huit fois le milliard d'iPhone vendus. Si les penchants des Vietnamiennes sont proches de ceux des bourgeoises blanches, qui préfèrent les formes et les couleurs classiques et conservatrices, les manucures vietnamiennes se sont vite adaptées aux goûts expressifs, frappants, extravagants de leurs clientes noires, dont la créativité débordante s'exprime jusqu'au bout de leurs ongles.

Isaac a soutenu Tâm pour l'ouverture de son salon tandis que Louis lui prêtait main-forte après l'école et les week-ends, tout en étudiant pendant les trajets d'autobus et la nuit pour avancer au même rythme que ses camarades et rattraper les dix premières années de sa vie dépourvues de théories, de barèmes, de règles.

Tâm n'a pas d'heures d'ouverture ni de fermeture. Elle suit le rythme de ses clientes : un rendez-vous à l'aube pour celles qui se marient et le soir pour celles qui ont des rendez-vous galants ; entre les deux pour celles qui viennent sur ordonnance de leur psychologue, de leur sexologue, de leur thérapeute ou autre, pour leur prochain voyage au bord de la mer.

Dès que Tâm a été en mesure de le faire, elle a offert son soutien financier à ses employées qui voulaient ouvrir leur propre salon. Louis aide ces nouvelles propriétaires à louer des espaces, à les aménager, à bâtir et à renouveler leur inventaire et leur clientèle. D'année en année, il s'implique de plus en plus dans chacune des sphères de ce commerce qui se développe à la vitesse des trouvailles et des créations partagées en images, en vidéos, en conversations en direct dans les salons. Il a assisté et contribué à la croissance vertigineuse de la communauté vietnamienne en sillonnant la planète, par les sentiers battus comme par les routes secondaires.

Louis parcourt le monde parce que son succès repose sur la multiplication du nombre de présentoirs qui proposent les mêmes flacons de vernis à ongles, disposés dans le même ordre, éclairés d'une même lumière partout, du village de cinq cents personnes à la ville de dix millions d'habitants. D'un salon de manucure à l'autre, d'un pays à l'autre, les mêmes techniques sont utilisées, les mêmes tendances se propagent, des mains identiques se tiennent pendant des heures sans se connaître.

Les femmes assises sur un banc à roulettes près du sol, le nez au niveau des pieds de la cliente, viennent presque toutes du même endroit, du lieu où le soleil brillait sans leur promettre un brillant avenir. Elles y portaient un chapeau conique, se couvraient le nez avec un mouchoir plié en triangle comme celui des cowboys du Far West et vendaient : elles pouvaient vendre des journaux, des chapeaux ou des pains baguettes retenus par des cordes sur un présentoir de fortune qui se briserait au moindre soupçon de colère ; vendre aux passants, face à la route poussiéreuse ; vendre pour pouvoir se nourrir d'un bol de riz à la nuit tombée. Ou elles pouvaient se marier avec un inconnu de Corée du Sud, de Taïwan ou de Chine contre quelques milliers de dollars qu'elles laisseraient à leur famille, tout en sachant que ce nouvel époux les échangerait contre une autre si elles ne réussissaient pas à prendre soin de la belle-mère souffrant d'Alzheimer ou du beau-père paralysé, ou qu'elles subiraient la violence des devoirs conjugaux. Elles auraient le droit de crier de douleur et de hurler à l'injustice, sur ces îles lointaines, mais leur langue ne serait comprise que par les dunes et l'éternel recommencement des marées. Ou bien elles pouvaient payer des dizaines de milliers de dollars pour ne pas être touchées par ces hommes, auquel cas il leur fallait un homme qui accepterait de signer avec elles un contrat de mariage, c'est-à-dire le document leur promettant un pays étranger. Peu importe d'où venait ce type de mari vierge d'amour, elles savaient d'avance qu'elles pourraient rembourser leurs dettes en ponçant la corne des talons. Le nettoyage de la peau morte de chaque orteil leur permettrait de réduire leur peur de se voir dénoncer par le faux mari et de se retrouver sans papiers.

Louis connaît la précarité de ces femmes qui ont choisi la beauté pour métier, comme porte de sortie, comme issue de secours. Il court la planète d'est en ouest, du nord au sud, en lignes droites, en zigzags, en pas de deux, afin de les informer de la mise sur le marché de nouveaux produits grâce auxquels elles ne manqueront jamais de travail. La mode des ongles carrés, celle des ongles très longs et prédécorés avec ou sans faux diamants plaisent et déplaisent aussi rapidement et aléatoirement que les ongles pointus en griffes de lionne. Il prépare ses clientes à proposer la manucure orbite et le style lunule entre deux vagues de manucure française. Le transparent côtoie le noir profond et le jaune banane. Ces canevas de moins d'un centimètre carré offrent des possibilités infinies, comme si tous les rêves se trouvaient au bout des doigts.

Les salons de manucure se sont bonifiés. Dans les années 1980, quand Louis est allé pour la première fois dans un salon, il n'y avait pas de fauteuils de massage à trois vitesses au-dessus du bain de pieds avec tourbillons, ni de boules de résine, ni de gel à base d'acrylique, ni de fibre de verre. Les clientes se contentaient d'ongles recouverts d'un vernis parfaitement appliqué, elles ne pouvaient prétendre à un massage des mollets aux pierres chaudes ou à un séchage sous lampe UV. Grâce à Isaac, son père adoptif, l'époux de sa mère adoptive, Tâm, Louis a découvert cet univers à ses débuts, quand les Vietnamiennes étaient encore largement minoritaires. Aujourd'hui, elles possèdent la moitié du marché. Selon les statistiques, elles ont tenu entre les leurs la moitié de toutes les mains aux doigts vernis.

Emma-Jade a retrouvé Louis la troisième fois à l'aéroport de Saigon. Comme il dépasse d'une tête la plupart des gens dans la foule, il n'a pas eu à bousculer quiconque pour être vu. Depuis la fin de la guerre, chaque voyageur vietnamien arrivant de l'étranger est attendu par les membres de sa famille élargie, venus en grand nombre puisqu'il s'agit d'un retour « à la maison » après une longue période d'absence. Les familles louent des camionnettes et les remplissent par ordre de priorité. Qu'il y ait eu quinze ans, vingt ans ou trente ans de séparation, la famille est restée soudée : les cousins et les cousines sont des frères et des sœurs, les nouveaux neveux et nièces, des enfants, les tantes et oncles, des parents. C'est la fête. La famille est une fête. Contrairement à ces visiteurs dont les valises surdimensionnées et les boîtes géantes regorgent de caramels Werther's, de biscuits LU, de crèmes hydratantes, de serviettes hygiéniques dernier cri, Emma-Jade tire comme d'habitude sa simple valise de cabine.

Assise à la terrasse de l'hôtel face à Louis, Emma-Jade s'est endormie malgré le bruit incessant des innombrables scooters, des vélos et des voitures, comme em Hồng. Louis veille sur son sommeil jusqu'à son réveil vingt-quatre heures plus tard, comme avant.

TÂM ET EMMA-JADE

Tâm n'avait pu être la mère de son nouveau-né que pendant quelques minutes après l'avoir mis au monde.

La sage-femme engagée par son employeur avait confié le bébé à un cyclopousseur, dès ses premiers pleurs, pour que Tâm puisse retourner aussitôt sur la scène du bar à gogo avant d'avoir eu le temps de donner un nom à sa fille, qui a par la suite reçu deux prénoms : em Hồng et Emma-Jade.

TÂM ET ISAAC

Sur son lit de mort, Tâm a demandé à sentir un bol de *phở* et ses derniers mots ont été « *Isaac yêu* ». Elle aurait pu l'appeler « *darling* », « *honey* » ou « chéri », comme ce qu'elle avait souvent entendu de la bouche des soldats. Mais c'était le mot *yêu*, ce mot d'amour qui venait de ses racines profondes, qui résonnait le mieux dans les bras d'Isaac.

De la même manière que les feuilles des hévéas de la plantation de son père, Alexandre, Tâm est morte attaquée par la pluie des herbicides arc-en-ciel de son enfance. Et peut-être également par le vernis à ongles, selon son oncologue.

LE *PHỞ*

Aucun Vietnamien vivant au Vietnam ne prépare un bouillon de *phở* à la maison. Or tout Vietnamien vivant à l'extérieur du Vietnam a préparé ou mangé un *phở* maison au moins une fois. Car les Vietnamiens expatriés ne peuvent pas sortir de chez eux et aller au kiosque à *phở* au coin de la rue. À Saigon, il y a probablement autant de vendeurs de *phở* que de ruelles. Chaque comptoir se distingue par l'équilibre particulier de sa recette, par les proportions de la vingtaine d'ingrédients : *cannelle, muscade, grains de coriandre, anis étoilé, clous de girofle, gingembre, queue de bœuf, flanc de bœuf, os de bœuf, os de poulet, bavette de bœuf, tendon de bœuf, sauce de poisson, échalote, oignon émincé, coriandre, coriandre dentelée, basilic thaïlandais, fèves germées, vermicelles de riz, poivre, piment frais, sauce de piment.*

Il est impossible de reproduire à la maison ces bouillons, cuits dans des chaudrons qui, depuis deux ou trois décennies, servent et mêlent, lieu d'intimité pour échanges lents, les arômes timides et les parfums plus imposants. Si les scientifiques étudiaient ces chaudrons de près, ils y verraient la trace des papilles de leurs propriétaires. La cannelle se dégagerait en premier du chaudron de la dame de la rue Hạ Hồi, alors que celui de sa voisine se distinguerait par l'odeur brûlée du gingembre grillé. Les variantes sont au nombre d'au moins vingt-quatre à la puissance vingt-quatre. Chacun a sa place préférée : les amis se partagent des adresses, les amoureux s'attachent au premier bol qu'ils ont mangé ensemble, les écoliers choisissent selon la taille et la quantité, les familles retournent de génération en génération au même endroit par nostalgie...

Autrefois, Louis savourait les bouillons au goût des autres clients. Rien n'était gaspillé parce qu'il empoignait les bols dès que les clients se levaient de leur tabouret. S'il ne se précipitait pas, les serveurs en déversaient le fond dans un seau destiné aux porcheries. Au fil du temps, il avait appris à reconnaître les clients aux restes de leur soupe. Il y avait celle qui aromatisait toujours son *phở* avec dix ou quinze feuilles de basilic fraîches qu'elle détachait de la tige avec frénésie pendant que sa sœur vidait l'assiette de fèves germées dans son bol. Le client culturiste ajoutait un œuf cru directement dans le bouillon en plus d'une louche supplémentaire de gras. Louis s'était habitué aux piments grâce à une femme très âgée qui colorait sa soupe de rouge. Il s'était toujours demandé si la vue de la dame avait baissé ou si ses papilles étaient devenues insensibles à force de formuler sans arrêt des reproches. La propriétaire de l'échoppe marmonnait que seules les grandes jalouses mangent aussi épicé.

Louis était la somme de tous ces clients.

Des vérités sans fin

Si je savais comment terminer une conversation, si je pouvais départager les vraies vérités, les vérités personnelles des vérités instinctives, je vous aurais démêlé les fils avant de les attacher ou de les placer pour que l'histoire de ce livre soit claire entre nous. Mais j'ai suivi le conseil de l'artiste peintre Louis Boudreault, qui m'a suggéré de jouer avec les fils du tableau qu'il a créé pour la couverture du livre. Certains fils sont restés immobiles malgré les virages à gauche et les dos-d'âne pendant le transfert du tableau de l'atelier de M. Boudreault jusque chez moi. D'autres se sont imposés en se détachant du canevas au milieu de la nuit, pendant que j'écoutais les silences dans les témoignages des soldats, des combattants et de ceux qui avaient refusé de se battre; pendant que j'effaçais des milliers de mots en blocs, en paragraphes, en phrases pour ne pas trop souligner les uns, trop surligner les autres et, au final, travestir le fragile équilibre qui nous garde aimants. Vivants.

J'aurais tant de plaisir à tenter de vous décrire le diadème d'Emma-Jade porté quand elle était la reine du *homecoming* de son école; à vous dire le choix de son tatouage (« Ce que tu cherches te cherche ») sur son omoplate ; la position de ses jambes autour de la taille de Louis quand il l'a portée sur son dos pour la mettre au lit.

J'aurais voulu aussi vous donner des nouvelles de la famille de John, le pilote qui a sauvé Tâm ; de la fille de Naomi, Heidi, qui a cinq frères et sœurs vietnamiens ; de la survivante de My Lai aujourd'hui très âgée qui a invité les soldats américains à revenir afin qu'elle ait l'occasion de leur pardonner.

Je vous aurais rassurés avec les exemples de prisons transformées en sites touristiques et l'ouverture de salons de manucure *five-free* qui contribuent à réduire le risque de cancer en n'utilisant plus de vernis contenant du formaldéhyde, du toluène, du phtalate de dibutyle, de la résine formaldéhyde et du camphre.

J'ai évité de vous attrister avec la bande sonore qui dévoile l'ordre du président Nixon de procéder au bombardement malgré l'hésitation du général qui vient de l'informer que le ciel est trop nuageux pour qu'il n'y ait pas de victimes civiles ; et le document qui présente les raisons pour lesquelles il fallait continuer la guerre :

1) 10 % pour soutenir la démocratie ;
2) 10 % pour prêter main-forte au Vietnam du Sud ;
3) 80 % pour éviter l'humiliation.

J'ai cherché à tisser les fils, mais ils se sont échappés pour rester sans ancrage, impermanents et libres. Ils se réarrangent par eux-mêmes selon la vitesse du vent, selon les nouvelles qui défilent, selon les inquiétudes et les sourires de mes fils. Les pages qui suivent sont une fin imparfaite, avec des bribes et des chiffres pris sur le vif.

J'ai entendu la voix de Louis décrire son quartier d'enfance à Emma-Jade :

« Le clou que tu vois là, il est dans cet arbre depuis au moins quarante ans. Le coiffeur qui a planté son enseigne au-dessus de ce bout de trottoir y accroche son miroir. »

« Dans ce couloir sombre, il y a une dame centenaire ou immortelle qui apporte son pèse-personne tous les matins pour offrir aux passants la lecture de leur poids. Et du poids sur leur dos. »

« Ma maman Tâm habitait dans cet appartement. »

« Quand j'étais jeune, j'aimais écouter la musique qu'on faisait jouer dans ce bar. »

« Cette enseigne de Pan Am n'a jamais été enlevée. Je négocie pour l'acheter. Ce sera en souvenir de Pamela, qui m'a enseigné la lecture, mes premiers mots d'anglais. »

« J'ai volé des boîtes de lait condensé à ce kiosque pour te nourrir. La propriétaire était encore en vie et à son poste quand je suis revenu vingt ans plus tard les lui payer. Elle se souvenait de moi. Surtout, elle savait. »

Je vois Emma-Jade et Louis couchés par terre, la tête sous le banc en granit rose qui avait été leur maison commune, le lieu où Emma-Jade avait atterri, après que le cyclopousseur l'avait prise avec lui. Ce jour-là, l'explosion dans le bar à ciel ouvert, en face du parc, avait fait plusieurs blessés et un mort, un cyclopousseur qui était allé remettre une mallette oubliée par son client soldat.

HOWARD, ANNABELLE ET EMMA-JADE

Howard et Annabelle ont rejoint Emma-Jade à Saigon pour être avec elle et lui expliquer qu'ils lui ont caché ses origines à cause des opinions appuyées et contradictoires envers les vétérans comme Howard, une fois revenus et retournés à la vie ordinaire, au sein de leur communauté, dans leur pays.

L'arc-en-ciel illustre l'espoir, la joie, la perfection. Or on a utilisé le mot *rainbow* pour désigner les herbicides qui ont été déversés sur le Vietnam, ces substances qui ont causé le cancer de Tâm, qui avait vu, enfant, tomber les feuilles des arbres de la plantation comme si l'automne s'était faufilé entre la saison chaude et les moussons. Imaginez-vous qu'il y a eu:

. 20 000 vols effectués ;

. 20 000 000 de gallons de défoliants et d'herbicides, soit plus de 80 000 000 de litres répandus comme un orage ;

. 2 000 kilomètres carrés contaminés, c'est-à-dire au-delà de la ligne d'horizon, au-delà du pied de M. Ciel ;

. 24 % du territoire vietnamien aspergé de ces couleurs de l'arc-en-ciel ;

. 3 000 000 d'humains empoisonnés et au moins 9 000 000 de proches qui en pleurent ;

. 1 000 000 de malformations congénitales confirmant le génie humain.

L'opération *Ranch Hand*, qui s'est étendue de 1961 à 1971, avait pour but de faire dépérir les feuillages et exposer l'ennemi. Par la suite, des produits plus puissants encore se sont infiltrés dans la terre et ont brûlé les racines. Les plus efficaces asséchaient le sol, empêchant les graines de repousser. On aurait pu croire que la vie avait été éradiquée. Or les humains ont résisté et survécu, en acceptant la présence de ces poisons qui font maintenant partie d'eux.

Les dioxines perdurent aujourd'hui, quatre générations plus tard. Les produits toxiques ont contaminé les gènes, se sont tissés avec les chromosomes, se sont insérés dans les cellules. Ils les ont formés et déformés à leur image, l'image de l'homme tout-puissant.

Contrairement à ce que laissait entendre son nom, l'agent orange en tant que défoliant était plutôt rose ou brunâtre.

L'enfant qui observait les avions voler côte à côte pour asperger le sol de cet herbicide aurait pu croire qu'il assistait à un spectacle aérien. En quatre minutes, un C-123 déversait son stock, trois mètres cubes d'agent orange par kilomètre carré, sur seize kilomètres carrés de forêt. Même si les avions étaient escortés par un hélicoptère muni d'une mitrailleuse et par un avion de chasse, l'opération restait tout de même dangereuse parce que les arbres ne mouraient qu'au bout de deux ou trois semaines. Au sol, l'ennemi camouflé attendait, les armes pointées vers le ciel, prêt à mourir sur-le-champ ou bien quinze, vingt ans plus tard, d'un cancer du foie, d'une maladie cardiaque, d'un mélanome...

L'enfant, témoin du ballet assourdissant des avions, n'aurait pas pu établir le lien entre la traînée de bruine et les feuilles tombant au gré du vent comme dans les chansons d'amour. Il aurait pu croire que la forêt tropicale, qui n'avait connu que l'alternance des saisons sèches et des saisons humides, avait été miraculeusement visitée par l'automne, la saison des douces mélancolies, la saison de l'Occident rêvé.

Malgré son efficacité, l'agent orange n'est pas parvenu à empêcher le riz de repousser. Il avait été précédé par d'autres agents : le vert, le rose et le pourpre. Après lui, des chimistes ont inventé le blanc et le bleu. Chaque variété était indiquée par une bande de couleur peinte directement sur le fût. Chaque couleur avait la fonction de défolier, débroussailler ou déraciner. Ensemble, ils constituaient les *Rainbow Herbicides* de l'opération *Ranch Hand*. Leur mission première était de détruire l'abondance de la forêt tropicale, puis d'affamer l'ennemi en éliminant les récoltes. La plupart des arbres étaient tués dès le premier contact. Les plus entêtés abandonnaient après la deuxième ou la troisième exposition. Or le riz résistait. Peu importait la couleur de l'agent, il était presque impossible de le brûler. Même les grenades et les tirs de mortier dans les rizières ne réussissaient pas à le faire disparaître complètement. Les grains repoussaient, ils continuaient à nourrir autant les soldats de la résistance que les fermiers qui se trouvaient au mauvais endroit au mauvais moment de l'histoire. Il a fallu qu'on invente l'agent bleu pour parvenir à assécher le sol, privant ainsi le riz de sa principale source de vie, l'eau. L'agent bleu a triomphé du riz.

L'opération *Ranch Hand* aurait été célébrée en tant que stratégie militaire s'il n'y avait pas eu tous ces soldats américains qui avaient également été touchés par les herbicides. La force gravitationnelle devait tirer les gouttes vers le bas, vers l'ennemi. Mais les vents sont intervenus et les arroseurs ont eux aussi été arrosés.

Les enfants qui ont eu la chance de vieillir ont vu en dix ans ces quatre-vingts millions de litres d'herbicides aux couleurs de l'arc-en-ciel faire la pluie au milieu du beau temps.

Aujourd'hui, quarante-cinq ans plus tard, les innombrables malformations congénitales extrêmes des enfants de ces enfants confirment la puissance des humains à faire muter les gènes, à transformer la nature, à se hisser au rang des dieux. Nous possédons le pouvoir de créer un visage à moitié fondu, de faire pousser un deuxième crâne plus gros que le premier, de sortir les yeux de leurs orbites, de vider l'âme de son souffle en déversant des réservoirs de liquide du rose des fleurs, du blanc de l'insouciance, du pourpre des *purple hearts*, du vert des feuilles sous la pluie des moussons et du bleu du ciel infini.

. 8 744 000 militaires ont participé à la guerre qui a eu lieu entre les États-Unis, le nord du Vietnam et le sud du Vietnam;

. 58 177 soldats américains ont été tués, et 153 303, blessés;

. 1,5 million de militaires et 2 millions de civils sont morts au Vietnam du Nord;

. 255 000 militaires et 430 000 civils ont été tués au Vietnam du Sud.

Je me suis demandé pourquoi il n'y a que des chiffres ronds d'un côté et des précis de l'autre et, surtout, pourquoi aucune liste n'a comptabilisé le nombre

. d'orphelins;

. de veuves;

. de rêves avortés;

. de cœurs brisés.

Je me demande également si tous ces chiffres auraient été différents si l'amour avait été pris en compte dans les calculs, les stratégies, les équations et surtout les combats.

Pays en forme de S, qui renvoie peut-être à son parcours sinueux; ou peut-être à sa grâce. Sa fine taille, large de cinquante kilomètres seulement, relie des frères et sœurs qui se croient ennemis. Pourtant, ils se sont battus ensemble à dos d'éléphant contre la Chine pendant des milliers d'années. Par la suite, ils se sont soulevés ensemble contre la France pendant cent ans. Leur victoire a été discutée et négociée si longuement autour d'une table à Genève que le peuple s'est endormi en attendant de fêter les accords.

Au réveil, le pays était scindé en deux, comme après une division cellulaire. Chaque partie a évolué de son côté et les deux se sont retrouvées vingt ans plus tard, réunies et transformées. Fâchées. Le Nord s'était sacrifié en grand frère pour libérer son Sud pris en otage par les États-Unis. Le Sud pleurait la perte de sa liberté de danser sur les chansons des Doors, de lire *Paris Match*, de travailler pour Texaco. Par bienveillance et par réorganisation des pouvoirs, le Nord a sévèrement puni le Sud pour avoir succombé au charme et à la puissance américains. Le Sud s'est tu, il s'est enfui pendant les nuits sans lune, pendant que le Nord verrouillait les frontières, les portes et la parole.

Après quarante-cinq ans d'un quotidien commun sous le même drapeau, la jolie taille au centre du pays porte encore la cicatrice de la coupure imaginée par la politique. Cette vieille blessure familiale est si profonde et si sourde qu'elle s'est propagée au-delà du territoire. Que les Vietnamiens se rencontrent à Dakar, Paris, Varsovie, New York, Montréal, Moscou, Berlin, ils se présentent encore selon leur point de départ : nordiste, sudiste ; pro ou antiaméricain ; ils se classent avant ou après 1954, avant ou après 1975.

En 2025, le 30 avril sera un mercredi, comme en 1975. Le cinquantième anniversaire sera certainement un grand événement pour tous les Vietnamiens. Mais il sera souligné sans doute séparément et différemment d'un groupe à l'autre. D'un côté, le Vietnam célébrera à cette date la réunification du Nord avec le Sud partout au pays. De l'autre, ce jour-là, les Vietnamiens qui se sont enfuis après le 30 avril 1975 pleureront la chute de Saigon à Sydney, Austin, San José, Vancouver, Paris, Francfort, Montréal, Tokyo...

Ce cinquantième anniversaire confirmera vraisemblablement que la mémoire est une faculté de l'oubli. Elle oublie que tous les Vietnamiens, peu importe où ils vivent, sont des descendants d'une histoire d'amour entre une femme de la race immortelle des fées et un homme du sang des dragons. Elle oublie que leur pays a été entouré de fils barbelés qui l'ont transformé en arène et que,

eux, ils s'y sont retrouvés en adversaires, obligés
de se battre les uns contre les autres. La mémoire
oublie les mains lointaines qui tiraient les fils et
appuyaient sur les détentes. Elle se souvient seulement des coups de poing, de la douleur profonde
de ces coups qui ont meurtri les racines, cassé les
liens ancestraux et brisé la famille des immortels.

CONVERSATION IMAGINAIRE
AVEC TIM O'BRIEN

Tim: *A bullet can kill the enemy, but a bullet can also produce an enemy, depending on whom that bullet strikes.*

Kim: *Toute balle qui tue un ennemi en crée au moins un autre. Peu importe la personne touchée.*

Kim : *Il va de soi que cette boîte est renversante.*
« De battre mon cœur s'est arrêté », et ce, pour
deux raisons : la boîte elle-même et toi.
Tu crois qu'on pourrait mourir de trop de beauté ?

Louis Boudreault : *On ne devrait mourir que de*
beauté.
Quand je l'aurai terminée, on saura en la voyant
qu'elle renferme l'indicible.

Kim : *Tous ces fils de vie sur le fil du temps*
Tous ces fils sans nœuds sans attaches qui des-
sinent la ligne de vie des abandonnés
Tous ces fils patiemment brodés qui permettent
aux funambules de traverser la vie en équilibre
Tous tes fils

Louis Boudreault : *On dirait qu'un souffle peut*
l'effacer mais que si elle résiste rien ne pourra
la détruire...

Et elle résista.

Conflit entre l'Est et l'Ouest qui s'est cristallisé dans une guerre entre le nord et le sud du Vietnam, de part et d'autre du 17e parallèle, de 1954 à 1975. La guerre découle des accords de Genève, traité d'armistice qui met fin à l'Indochine française (Laos, Cambodge et Vietnam).

Les accords sont signés en Suisse en 1954 par deux parties, la République française et le Vietnam du Nord, dirigé par Hô Chi Minh. Dans le but de défaire des liens, des attaches, des habitudes entre la France et le Vietnam, entre autres, les négociations ont duré presque deux mois autour d'une table entre les représentants de plusieurs pays :
. la Chine,
. l'Union soviétique,
. le Laos,
. le Cambodge,
. la Corée du Nord,
. la Corée du Sud,
. le Royaume-Uni,
. la France,
. le Vietnam du Nord,
. la Pologne,

. l'Inde,

. le Canada,

. les États-Unis.

Comme dans une pièce de théâtre, les portes s'ouvraient et se claquaient pour intimider les uns et soutenir les autres, ou pour tester la position de chacun en tentant de se placer plus loin ou plus près. Les joueurs ont marchandé en détachant là un territoire, bougeant ici une frontière en latitude et en longitude, ajoutant un droit de présence militaire, promettant de l'autonomie, voire l'indépendance, troquant leurs convictions contre l'opportunité d'une alliance nouvelle. Ils ont modifié la carte géopolitique de la région, lui appliquant le motif peau de léopard, le même que celui des plantations d'hévéa et de café. Les discussions avaient été si âpres et les enjeux si complexes et décisifs que les négociateurs en avaient oublié la présence de simples humains, ceux qui attendaient sur ces terres l'arrivée d'un bébé ou la maturation d'une mangue ou l'annonce d'une note sur un banc d'école.

En raison de tous les compromis qui ont entraîné des promesses contrefaites et contredites, une nouvelle guerre voit le jour entre le nord et le sud du Vietnam. Cette guerre dure vingt ans parce que le Vietnam a subitement pris du galon sur la scène internationale. Il est devenu le point sensible du rapport de force entre la Chine, l'URSS et les États-Unis. Après une vingtaine d'années à se fixer du regard sans oser cligner des yeux, les trois grandes puissances décident de changer de jeu et de danse. Elles se serrent la main devant les caméras, ce qui laisse celle du Vietnam vide, sans partenaire. C'est ainsi que le Vietnam a perdu son statut stratégique et sa place sur l'échiquier.

Leur abandon par les trois grands a forcé les deux Vietnams à se retrouver, à vivre ensemble malgré l'inconfort. Les larmes de colère et d'étonnement, de haine et de victoire, de fatigue et de joie se sont mélangées à l'image des frères et sœurs qui doivent bien s'embrasser maladroitement après une longue dispute, alors que leur cœur est encore en sang et leur corps, couvert de contusions. La paix a été proclamée officiellement, dans ces conditions, le 30 avril 1975.

Suivez Kim Thúy sur facebook.com/kimthuyauteure
et restez à l'affût des titres à paraître chez Libre Expression
en suivant Groupe Librex : facebook.com/groupelibrex

libreexpression.com

⋆

Cet ouvrage a été composé en Latin Modern Roman 11/15
et achevé d'imprimer en septembre 2020 sur les presses
de Marquis imprimeur, Québec, Canada.